おカネの教室

僕らがおかしなクラブで学んだ秘密

高井浩章

インプレス

登場人物紹介

サッチョウさん
（木戸隼人）

どこにでもいるフツーの中学2年生。小学校からバスケ部で、部活がない週末は公園でサッカーに燃える。消防士である父親がヒーロー。ひょんな巡り合わせで「そろばん勘定クラブ」に入ってしまう。

ビャッコさん
（福島乙女）

町一番の大富豪の娘。成績は常に学年トップクラスで、母譲りのスマートな容姿も相まって、誰からも一目置かれる存在。物事をとことん突き詰める頑固な一面を持つ。家族の手掛けるビジネスについて悩んでいる。

カイシュウさん
（江守先生）

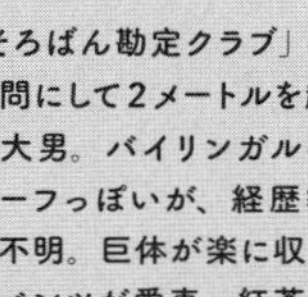

「そろばん勘定クラブ」の顧問にして2メートルを超す大男。バイリンガルのハーフっぽいが、経歴等は不明。巨体が楽に収まるベンツが愛車。紅茶とスコーンをこよなく愛する。見た目は40代。

目次

4月

5月

6月

7月

4月

1時間目

そろばん勘定クラブへようこそ

思った通り、2年6組の教室はがらんとしていた。

ちょっと迷ってから、僕は真ん中から少し窓寄りの列の、前から3番目の席に着いた。校庭からサッカークラブの声が聞こえる。ため息が出た。

僕の中学校では毎週月曜の6時間目はクラブの時間だ。部活とは別の種目を選ぶのがルールで、僕は今年もバスケと同じくらい好きなサッカークラブを狙《ねら》っていた。でも、ラッキーだった1年生のときと違って、人気のサッカーはくじ引きで落ち、第2希望のハンドボールもまさかの落選。残ったのはここだけだった。

もう6時間目の開始時間を数分過ぎている。でも、誰も来ない。そりゃ、人気ないよな。

「ようこそ！」

突然の大きな声に僕は飛び上がった。ドアのほうを見て、今度は目を剝《む》いた。入り口をくぐるように丸眼鏡のおじさんが入ってきた。それは、僕が今まで生《なま》で見た中で一番デカい人間だった。鼻が高くて、外国人かハーフっぽい雰囲気だ。

「では、あらためて、ようこそ！」

デカいおじさんは体に似合わない几帳面《きちょうめん》な字で黒板にこう書いた。

そろばんクラブへようこそ！

そう。僕が放り込まれたのは、いまどき中学生に「そろばん」を教えようっていう、時代遅れのクラブなのだ。

「まだそろってないですね。もう一人、来るはずですが……」

え。二人しかいないのか……。

「先に自己紹介しちゃいましょう。ワタクシはエモリと言います。江戸を守るでエモリです」

エモリ先生が笑顔で僕をみつめる。あ、僕の番か。

「2年2組の木戸隼人《はやと》です。木戸は木のドア、隼人はハヤブサに人と書きます」

「木戸《きど》孝允《たかよし》と薩摩《さつま》隼人の合わせ技で一人薩長連合《さっちょうれんごう》ですか。なかなかオツですね」

これ、たまに歴史好きのオジサンに言われるネタだ。正直、反応に困る。

ここで女の子が一人、ペコリと軽く礼をして教室に入ってきた。

「おお。どうぞ、好きなところに座ってください」

僕から一つあけた廊下寄りの席に座ったその子を、僕は知っていた。小学校は別だし、同じクラスになったことはないけど、けっこうな有名人だからだ。

「さっそく自己紹介をしていたところです。ワタクシがエモリ、彼がキドくん。あなたは？」

女の子は落ち着いたよく通る声で「2年4組の福島です」と言った。

「はい、福島さん。下の名前は？」

「乙女、です」

エモリ先生が「おお、今度は会津《あいづ》に土佐《とさ》ですか」と一人で嬉しそうに笑った。

「福島県が昔は会津藩だったのはご存じでしょう。乙女は土佐の坂本《さかもと》龍馬《りょうま》のお姉さんの名前です。佐幕派《さばくは》と倒幕の大立者《おおたてもの》の異色のコラボレーションとは、こちらもオツです」

また歴史ネタか。ハーフっぽい顔なのに、日本史詳しいな。日本語ペラペラだし。

「幕末つながりでいいですね。せっかくですから、これから木戸くんのことはサッチョウさんと呼ぶことといたしましょう」

いや、キド、のほうが短いし。

「で、福島さんは、オトメさん、でいいですか？」

「いやです」

「ありゃ。でも、フレンドリーにやりたいので、お二人とも、福島さんのニックネームを考えてみてください。さて、時は金なり。クラブを始めましょうか」

僕はバッグからそろばんを取り出した。お母さんのお古《ふる》の年代物だ。

エモリ先生が「おお。サッチョウさん、用意がいいですね」とニヤニヤしている。

「あの、わたし、持ってきていません」

「ああ、安心して。ワタクシもです。しかし、いまどき、そろばんとは」

なんという言い草だ。いまどき、そろばんクラブを開いておいて。

「今日だけじゃなく、これからも、そろばんはいりません」

「え？」

あ、福島さんとハモッた。

「福島さん、そろばん勘定《かんじょう》、って言葉、ご存じですか」

「損か得か、ちゃんと考えるという意味です」

「パーフェクト！」

おお。ネイティブみたいな発音だ。

「そうです。損得、つまりお金の物差しで物事を見極める、ということですね」

エモリ先生が手早く黒板の文言を書き換えた。

そろばん勘定クラブへようこそ！

「このクラブのテーマはそろばん勘定です。残念ですが、それは出番がありません」

年季の入ったそろばんが急に不憫《ふびん》に見えてきた。しかし、妙なことになってきたな。

エモリ先生は「では、さっそく最初の問題です」と、黒板にこう書いた。

あなたのお値段、おいくらですか？

「大事な自分の値段です。じっくり考えてください。制限時間は5分とします」

展開が早すぎて、僕も福島さんも戸惑《とまど》い気味だ。エモリ先生だけは涼しい顔で窓にもたれて校庭を見下ろしたり、空を見上げたりしている。

それにしても、この問題、むちゃくちゃだ。先生だったら普通、人間の価値はお金なんかじゃ測れない、とか言うもんなんじゃないの？　こんなこと、考えたこともないし。困ったな。僕はしばらくして、一つ、質問してみることにした。

「あの、ヒントというか、ちょっと質問が。会社員の給料って平均どれぐらいですか」

「男性の平均年収は500万円ぐらいですかね」

そんなもんなのか。ということは、月々40万円くらいだな。エモリ先生が時計に目をやって「はい、では、サッチョウさんからどうぞ」と促した。

「えー、一応、1億円ぐらい、だと思います」

「キリがよくていいですね。根拠を伺いましょう」

「大学を出て40年ぐらい働くとして、年収500万円なら合計2億円です。生活費とかを半分ぐらい抜いて、まあ、1億円なら、いいかなって」

「エクセレント！　そういう計算を生涯賃金《しょうがいちんぎん》と言ったりします。経費を考慮したのが手堅くて良いですね。うん、順調なすべり出しです。では、次、ビャッコさん、どうぞ」

は？　福島さんも凍っている。

「あの、今、なんて」

「ああ、ビャッコさん。今、ワタクシが考えました。白虎《びゃっこ》隊は会津藩の名高い少年部隊です。薩長連合中心の新政府軍と戦い、飯盛山《いいもりやま》で自刃《じじん》して果てた、旧時代の花です」

いや、それはちょっと……。

「……ビミョー……」

そう、微妙、だよな。少年だし。死んでるし。それに、僕が敵みたいじゃないか。

「嫌なら代案を出しましょう。文句だけ言うのはズルです」

そう言われると、僕も福島さんも沈黙するしかない。

「では決まり。ワタクシはカイシュウさん、でお願いします。勝海舟《かつかいしゅう》は江戸城の無血開城をまとめた幕閣《ばっかく》です。江戸の守りのカイシュウさん。オツでしょう」

福島さんが諦めたように、「はい、カイシュウさん、ですね」と答えた。適応力高いな。

「あの、カイシュウ先生、でもいいですか。なんか呼びにくいので」と僕。

「お任せします。では、ビャッコさん、あらためて、ハウマッチ」

福島さんが淡々とした声で「とりあえず、10億円ぐらいで」と答えると、エモリ先生改めカイシュウ先生が派手にのけぞった。

「これは、ふっかけてきましたね！　いや失礼。では、根拠をお聞かせください」

「わたしが誘拐されたら、祖母がそれぐらいの身代金《みのしろきん》なら払うと思います」

「ほう。あまり大きな声で言わないほうがいいですね。本気で狙うやつが出てきますよ」

丸眼鏡の奥の目が、獲物を狙う鷹《たか》のように光った。冗談に聞こえない。

「いや、実に興味深い。サッチョウさん、何かご意見はありますか」

「10億円について、ですか」

「1億と10億という、あまりと言えばあまりな差について、でもいいですよ」

まともな先生が言うセリフじゃないよ。

「僕が高給取りになればいいんでしょうけど、そんな先のことわからないので」

「うん、実に現実的ですねえ。ビャッコさん、庶民にひと言どうぞ」

「……10億円は自分のお金じゃないです。木戸くん、じゃなくてサッチョウさんの考え方なら、わたしの値段はもっと安いはずです」

「気を遣わなくていいですよ。それに、お祖母《ばあ》さんのお金って言っても、一部はビャッコさんのお金みたいなものでしょう。そのうち相続するんだから」

ここで福島さんが「そういうカイシュウさんの値段はいくらなんですか」と反撃した。

「グッドクエスチョン。いくらぐらいだと思いますか。あ、こんなおっさん、タダでも御免って顔してますね、サッチョウさん。まあ、あえて言えば、人間に値段をつけるような愚劣《ぐれつ》な行為には与《くみ》したくないですね」

ちょっと待て。

「今度はお前が言うなって顔してますね。大人なんて汚いもんですよ。それより、お二人の意見、大変面白いです。サッチョウさんは『かせぐ』という手段からアプローチした。ビャッコさんは誘拐犯が求める身代金、いわば犯罪者による『ぬすむ』という視点から考えた。誘拐をリアルに想像したことがある、お金持ちらしい発想です」

福島さんがむっとしたオーラを発した。カイシュウ先生は気にするそぶりもない。

「ビャッコさんのほうにはもう一つ、隠れた視点がありました。相続、つまり遺産を『もらう』です。さて、ここまでに我々はお金を手に入れる方法を3つ発見しました」

かせぐ
ぬすむ
もらう

カイシュウ先生が腕時計を見た。異様に時計が小さく見える。
「そろそろ宿題を出して終わりましょう」

この3つ以外に、お金を手に入れる方法を3つ挙げなさい

チャイムが鳴り、カイシュウ先生はパンパンッと手をはたくと「では来週の月曜日に」と教室から出ていった。福島さんも「じゃ、また来週」と行ってしまった。
残された僕は、一人で黒板を丹念に消した。

2時間目

お金を手に入れる6つの方法

1週間が経った。月曜日の授業は、やたら長く感じる。5時間目の数学が終わってクラブの教室に行こうとしたら、担任のオギソ先生に呼び止められた。

「おい、サッチョウさん」

「何ですか、それ」

「とぼけるなよ。いいニックネームじゃないか。ちょっと時代がかってて」

この先生、もう大きな子どももいるいい年なのに、人をからかうのが生きがいみたいなおじさんなのだ。

「エモリ先生って何者ですか？　やたらデカいし、クラブ以外何もやってないし」

オギソ先生はニタニタ笑って、僕の耳元で「まあ、あまり詮索《せんさく》するな。とにかくあのヒトはタダものじゃない。お前、あのクラブに入ったのラッキーだぞ」とささやいた。そして僕の肩をポンと叩いて向こうに行ってしまった。これはこの人の癖で、陰で「ニタポン」と呼ばれている。

「ビャッコさんによろしくな」

ニタポンの笑い混じりの声を背に、僕は2年6組の教室に急いだ。

福島さんはもう席に着いていた。先週と同じ、廊下寄りの席。僕も先週と同じように、一つあけた校庭寄りの席に座った。

「福島さん、宿題、やってきた？」

「ビャッコさんでいいよ。一応、考えたけど、自信ない。サッチョウさんは？」

「一応考えた。でも、自信ない」

カイシュウ先生が「こんにちは！」と元気よく入ってきて、最前列の席の椅子に背もたれを抱くような格好で座った。座ってもデカいので、かなり圧迫感がある。

「さっそく始めましょう。お題は『かせぐ』『ぬすむ』『もらう』以外のお金を手に入れる方法でした。サッチョウさん、どうぞ」

「一つは『かりる』だと思います」

「はい、まずは正解。ところでサッチョウさん、誰かにお金借りたこと、ありますか」

そうきたか。

「あります。姉に。２０００円」

「ちゃんと返しましたか」

「はい。２２００円返しました」

「え。利子払わなきゃ、なの？　家族で？」

「いやいや、やりますね、サッチョウさんのお姉さん。面白いからちょっと脱線して詳しく聞きましょう。そんな大金、どうやって返したんですか」

「借りたのがたしか11月ぐらいで、お年玉で返しました。はじめからそういう約束で、借りるときに両親に証人になってくれ、とか言ってました」

「お姉さん、最高です。返済計画を立てさせ、保証人もみつくろうなんて」

「でも、たった2カ月で1割も多く取るなんて、やりすぎな気がする」

ビャッコさんもそう思うよね？　だよね？　鬼だよね？

「ふむ。１割、ですか」

カイシュウ先生は立ち上がると、黒板に数字を書きだした。

2000
2200
2420
2662
2928
3221
3543
3897
4287
4716
5188
5707
6278
6906
7597
8357
9193
10112
11123

「２０００円に利子が２カ月で10％つくと、２２００円。２行目までがサッチョウさんのケースです。3行目はさらに2カ月借りっぱなしにした場合。ここから利子が2階建てになります。最初に借りた２０００円に、2回分で４００円の利子。そこに『前回の利子につく利子』が加わる。前回の利子は２００円なので、その10%は20円ですね。ということで、利子は全部で４２０円です」

細かいというか、ずいぶんセコイ話だな。

「4行目以降はずっと借りっぱなしにした場合の返済額です。1年後で元利《がんり》合計３５４３円なり、ですね。さらに3年間、借りっぱなしにすると、返済額は1万円を超えます」

あれ。おかしいな。もとのお金にかかる利子は1年で１２００円、3年で３６００円のはずだ。借りたお金２０００円と合わせても５６００円なのに、その2倍近い。

「利子が利子を生む、複利《ふくり》の魔力です。かのアインシュタインが人類史上最大の発見と言った、なんて噂もあります。高利の借金があっという間に雪だるま式に膨《ふく》らむカラクリです。ちなみに、その先はこうなりますね」

11123
12235
13459
14805
16286
17915
19707
21678
23846
26231
28854
31739
34913
38404
42244
46468
51115
56227
61850
68035
74839
82323
90520
99611
109572
120529
132582
145840
160424

ビャッコさんが「すごい……。暗算、速い」とつぶやいた。たしかにすごい。けど、ほんとに計算合ってるのかな。目が合うとカイシュウ先生がにやりと笑い、シャツの胸ポケットから電卓を取り出した。一応、もとはそろばんクラブなのに……。

「1・1に、掛けるを2回。で2000、と。さあ、イコールを押していってください。四捨五入の誤差はお目こぼしを」

電卓のキーを押すと、次々に黒板に書かれた数字が出てきた。カイシュウ先生が満面の笑みで胸を張った。僕らもつられてニヤニヤしてしまった。

「寄り道しすぎましたね。4つ目の方法は『かりる』でした。次は？」

「もう一つは、銀行にお金を預けて利息をもらう、だと思います」

「グッド！　お金持ちらしい答えがさらっと出ました。銀行預金のほかに、会社の株式や土地を買って値上がりしたら売る、という手もある」

「あの、株式って、何ですか」

「庶民代表らしい素朴な質問です。お金持ち代表、わかりますか？」

「……会社を持っている、とかそういう感じ」

「さすが。株式は会社の所有権を小口に分けたものです。それを売り買いするのが株式市場。この辺りはいつかまとめて話します。預金とか株式とかお金を誰かに預けて増やしてもらうことを『運用』と言います。お金がお金を生む不思議な仕組みです。和語を当てると、『ふやす』。漢字で書けば『繁殖』の下の字で殖やす。さて、最後の一つは？」

かせぐ
ぬすむ
もらう
かりる
ふやす
？？？

「……ひろう、とか？」

「これはお金持ちらしからぬご返答。ネコババは日本では犯罪ですよ。まあ、それは『もらう』か『ぬすむ』の変化球ですかね。サッチョウさん、ほかに思いつきますか」

「えー、財宝をみつける、とか」

「おー、ロマンチックですね。しかし、それは『かせぐ』に入りそうです」

難しいな、この問題。答えあぐねる僕らをカイシュウ先生が笑顔で見ている。

「これはこのクラブで扱う最大の難問です。今日、ここでは答えは言いません」

もったいぶるなあ。さっさと教えてくれればいいのに。

「自分で考えることが大事、ってことですか」

「その通り。ということで難問はひとまず脇《わき》において次の問題に移ります」

「かせぐ」と「ぬすむ」の違いは何か

「サッチョウさん、お父さんは『かせぐ』人ですか、『ぬすむ』人ですか」

すごい質問だな、と思いながら、僕が「父は消防士です」と答えると、カイシュウ先生が興味深そうに僕の顔をじっと見た。落ち着かない気持ちになりかけた頃、カイシュウ先生は黒板に向かった。今の変な間は何だったんだろう。

かせぐ　消防士
ぬすむ　犯罪

「消防士は文句なしで『かせぐ』でしょう。サッチョウさん、お父さんの仕事を誇らしく思っているでしょう」

改まって言われると、なんか照れるけど。

「はい。尊敬してます」

カイシュウ先生がまた妙に優しい目で僕を見た。思わず目をそらしたら、ビャッコさんも僕をじっと見ていた。それは、ドキッとするほど真剣なまなざしだった。

「うん、素晴らしいですね。我が子に尊敬される仕事で労働の対価を得る。お父さんはカネのためにやってるんじゃないと言うかもしれませんけど、立派に『かせぐ』という言葉に値《あたい》します。で、こちらの端には犯罪、『ぬすむ』がある。問題は」

カイシュウ先生が黒板の空白のスペースに大きな手を「バン！」と叩きつけた。

「このすき間です。世の中にはいろんな職業、いろんな会社、いろんな人がいる。右と左、『かせぐ』と『ぬすむ』を分ける境界線は、どこにあるのか」

カイシュウ先生が黙り込んだ。自分で考えてみろってことか。

しばらくしてビャッコさんが手をあげた。カイシュウ先生が目で発言を促す。

「その仕事が世の中の役に立つかどうか、で線引きすればいいんじゃないでしょうか」

「あ、それ、いいかも」

「ほほう。お二人の意見が一致しましたね」

カイシュウ先生は腕時計を見て、黒板を一度全部消した。

「では宿題を出して終わりにしましょう」

世の中の役に立つ・立たないは、どう決めるのか

「次回は具体的な職業や仕事について、役に立つ、立たないという物差しで考えてみましょう。それぞれ3つ、具体例を考えてきてください」

チャイムが鳴った。最後までそれを聞いてから、カイシュウ先生は、「では来週」と軽やかに教室から出ていった。ビャッコさんは、目が合うと小首をかしげて笑い、黒板の1行を消してから出口に向かった。

3時間目

役に立つ仕事　立たない仕事

日曜にバスケ部の練習試合があったこともあって、この週末はクラブの宿題のことはすっぽり頭から抜け落ちていた。教室に着くまでに考えなきゃ。

うん、まずは先生、だな。一応、サンプルが目の前にいるし、これは世の中の役に立つってことにしよう。役に立たない例には昆虫学者を入れよう。最近、『ファーブル昆虫記』を読んで、虫の観察ばかりしてどうやって生活してるのか不思議だったんだよな。そもそも、虫のことをひたすら調べるって、役に立たないっぽいし。

ファーブルのことを考えていたら、3つ目を思いつく前に教室に着いてしまった。

「今日は世の中の役に立つ仕事、立たない仕事を具体的に考えようという話でした」

ビャッコさんがノートを取り出した。張り切ってるなあ。

「では、サッチョウさん、さっそく例を3つ挙げてください」

まだ2つしか考えてないな。ここはアドリブで乗り切ろう。

「1つ目は先生です」

「おっと、そう来ましたか。それは役に立たない例ですね」

「いえ。役に立つ、です。子どもに勉強を教えるのは大事な仕事です」

「末席をけがすものとして光栄です。では、次、どうぞ」

「昆虫学者。これは役に立たないほうで」

「渋いチョイスな上に、ずいぶん辛口ですね」

「『ファーブル昆虫記』は面白い本だけど、お金もうけとは関係なさそうだし」

「ふむ。ゼニにならん、と」

「なんというか、世の中の外にいて、あってもなくても誰も困らない仕事というか」

「昆虫学者不要論ですか。何かうらみでもあるんですか。その調子では、浮世離れした学者や芸術家は一網打尽《いちもうだじん》でアウトですね」

あれ？　なんだか変だ。そんなつもりじゃなかったんだけどな。

「ビャッコさん、どう思いますか」

ビャッコさんは少し考えて、「昆虫学者や画家は、いなくてもすむかもしれないけど、新しい発見や素敵な絵で世界を豊かにしてくれます。お金もうけに直結しなくても役に立つ仕事だと思います」と言った。

おっしゃる通り。急ごしらえで答えると、ろくなことはないな。

「サッチョウさん、どう思いますか」

「昆虫学者のみなさんに謝ります」

「ちょっとフォローすると、生前のファーブルは本が売れず、とても貧しくて学者仲間から経済的な援助を受けていたようです。ゴッホの絵も生きてるうちはまったく売れなかった。でも、自分のやりたいことをやらずにいられなかった。サッチョウさんが言う通り、世の中の外、お金の外で生きていたとも言えます。では、サッチョウさん、最後の一つをどうぞ」

「パン屋さん。これは、役に立つ、です」

アドリブのでっち上げとはいえ、我ながらつまらない答えだな。

「うん、いいですね。材料を仕入れてパンを焼いて売る。非常にオーソドックスです。こういう例もないと議論に穴が空いてしまう」

あれ。意外と好評だな。ここでカイシュウ先生が板書した。

先生
昆虫学者
パン屋

「今のところ全部、役に立つ、ですね。次はビャッコさん、どーんとお願いします」

「3つ全部、役に立たない仕事でもいいですか」

「助かります。バランスがとれて」

ビャッコさんは一瞬、間をとり、深く息を吸ってから、「わたしが役に立たないと思う3つの仕事は、高利貸しとパチンコ屋と地主です」と一気に言った。

教室に沈黙が降りた。

僕はビャッコさんの顔を横目でちらっと見て、すぐ目をそらした。カイシュウ先生はチョークを手にしたまま、目を見開いてビャッコさんを見ている。ビャッコさんはしっかりその視線を受け止めている。

カイシュウ先生がようやく「これは……驚きましたね」と口を開いた。

「中学生の口からその3つが出てくるとは。少々、面食らいました」

カイシュウ先生とは違う意味で、僕も驚いていた。なぜなら僕は、この町の人間なら誰もが知っている、でもたぶんカイシュウ先生が知らないことを知っているからだ。

その3つはすべて、ビャッコさんのウチ、福島家の家業なのだった。

教室の静けさにかぶさるように、校庭からサッカークラブのかけ声が届く。今日は春らしい青空が広がる、絶好のサッカー日和だ。重い沈黙が続き、僕は今、外で気楽にサッカーをやっているなら、どんなにいいだろう、と思った。カイシュウ先生は天井を見上げ、ビャッコさんは机の上で指を組み、そこに視線を落としていた。

福島家が経営するパチンコ屋の「フクヤ」は県内にいくつかチェーン店がある。ローンのほうは僕にはよくわからないが、一度、姉貴が福島家のことを「いいなあ。子ども部屋も広いだろうなあ」と言ったら、お母さんが「あそこはコーリガシで大きくなったのよ」と冷たく切り捨てたことがあった。「氷菓子ってアイス?」と聞いて姉貴にバカにされたのでよく覚えている。

そして福島家は町一番の大地主でもある。「福島さんは自分の土地だけを通って駅から自宅まで帰れる」という伝説があるくらいだ。真偽は不明だが、町の大きな家はたいてい福島か歌川という表札を付けている。歌川さんは福島家の親戚らしい。

カイシュウ先生がようやく金縛《かなしば》りからとけて、黒板に3行書き足した。

高利貸し
パチンコ屋
地主

「錚々《そうそう》たる顔ぶれですね。どうしてこの3つを選んだのですか」
「家族の仕事なんです。亡くなった祖父の代からやっています」
「ファミリービジネスというわけですね。お祖父《じい》さんが創業者ですか」

「パチンコとローンはそうです。土地は先祖代々のものを祖母が管理しています」

「で、パチンコとローンがお父さんの担当、といったところですか」

ビャッコさんがコクリとうなずいた。

「そして、その3つとも、世の中の役に立たない、と」

今度はさっきより強くうなずいた。

「どうしてそう思うのですか」

「誰も幸せにならない仕事だからです」

それは今まで聞いたこともない、硬く、冷たい声だった。

「お金に困って返せないほどの借金をしたり、それで家族がバラバラになったり、大事なお金をパチンコにつぎ込んだり、駐車場に置き去りにされた赤ちゃんが死んじゃうことだって……」

「OK!」

カイシュウ先生がさえぎり、ビャッコさんに近づいて大きな右手を肩においた。

「十分、わかりました。ありがとう」

硬い色のビャッコさんの目に、うっすらと涙が浮かんでいるように見えた。

「なかなかヘビーですね。サッチョウさん、ご意見をどうぞ」

いや、ここで振るかなあ。

正直、福島家のことはあまり考えたことがない。パチンコもローンも僕には無縁だ。あ、ウチのマンションの大家は福島家かもしれないな。ふすまに空けた穴や壁の落書きを思い出した。借り物なのに、すいません。

あまり関係ないです、と言うわけにもいかないので、僕は言葉を選んで答えた。

「パチンコやローンはよくわからないけど、地主や大家さんはいないと困るような」

「ほほう。どうしてですか」

「自分の家がない人は、誰かが貸してくれないと住むところがなくなっちゃうから」

「いいポイントです。でも、ビャッコさんは納得しないでしょうね、今の意見には」

少しの間があり、ビャッコさんがうなずいた。

「恐らくビャッコさんはこう考えている。生まれつき土地や家をたくさん持っているだけでお金がもうかるのは、なんだかずるい。違いますか」

また少し間をおいて、今度はビャッコさんが小さな声で「はい」と答えた。

そんなもんかな。世の中、そういうものなんだから、しょうがない気がするけど。

「現実には相続した財産を維持するのはそれなりに大変です。座して食らえば山も空《むな》し、なんて言葉もあります。いずれにせよ、今、ワタクシに言えるのは、ビャッコさんの気持ちは理解できる、というところまでです。その正否の判断は控えます」

うーん。なんかすっきりしないな。

「何か言いたげですね、サッチョウさん」

「なんというか……逃げてる気がする」

カイシュウ先生が「鋭いですね。容赦《ようしゃ》ない」と嬉しそうに笑った。

「率直なご意見、ありがとうございます。そうですね。逃げます、ここは。ただし、一時退却です。夏がくる頃には、再チャレンジの準備が整うでしょう。それまでお待ちいただけますか」

ビャッコさんがうなずいた。もう笑顔だ。

「逃げるついでに、高利貸しとパチンコ屋についても今日はここまでとします。こちらは夏とはいわず、順次、取り上げます。では、最後にワタクシも職業を3つ挙げて、今日のしめくくりとしましょう」

言い終えるや、カイシュウ先生は黒板に向かって一気にこう書きあげた。

サラリーマン
銀行家
売春婦

おいおい、いいのか、これ。カイシュウ先生は「おっと。これはいけません。昨今《さっこん》は何ごともジェンダーフリーですからね」と言いながら「売春婦」の後ろにさっと「売春夫」と書き足した。いや、そこじゃないだろう。

「さて、お二人、売春ってわかりますよね」

ビャッコさんが真面目な顔でうなずいた。僕もできるだけクソ真面目な顔でうなずいた。

「偽りの愛、インスタントの愛を売るお仕事です。人類最古の職業とも言われますから、これは外せません。次回は大型連休明けですね。宿題は、これらの仕事についてひと通り考えること。世の中の役に立つ、立たないという視点で、です。では、また」

カイシュウ先生が姿を消し、ビャッコさんが「今日のはしっかり消そうか」とほほ笑んだ。黒板は、この世にパン屋もバイシュンフも先生も一人もいないみたいに綺麗になった。黒板消しを置くと、ビャッコさんはすっと僕に手を差し出した。

「サッチョウさん、今日はありがと」

僕はしばらくポカンとしてから、あ、握手か、と気がついた。僕たちはわりと強く、でもそんなにきつくなく、握手した。

ビャッコさんが「次は再来週だね」と出ていったあと、僕は手を閉じたり開いたりして、がらんとした教室を見回した。次回のクラブを待ちきれない気持ちになっていた。

5月

4時間目

リーマンショックはなぜ起きた

連休明けの月曜日の最高にかったるい授業が終わり、クラブの時間になった。今回の宿題はばっちり準備してきた。1週あいて余裕があっただけじゃなく、ビャッコさんとちゃんとやろうって約束したからだ。

それは僕が中庭の藤棚《ふじだな》で我が校伝統の「アブダッシュ」に挑《いど》んだときのことだった。満開の藤棚を長いホウキで10回叩いて周囲を10周、ダッシュで回る。ただそれだけのことだけど、この季節、藤棚にはアブがわんさといる。アブを振り切って最後は校舎に逃げ込むという、この狂気の度胸試しは今年、すでに二人も犠牲者を出している。なぜこんなアホなことをやるのかは謎だが、クリアしたやつは一目置かれる。アブを次々とホウキで撃ち落としながら歩いて10周した3組の岩国の兄貴は、今も伝説の勇者として語り継がれている。

そういうことで、五月晴《さつきば》れに恵まれた連休の谷間の昼休み、僕は藤棚を派手に叩き、脇目もふらずに駆けだしたのだった。そして、2周目の途中で足が絡まり、顔から地面に突っ込む見事なダイブを演じた。アブのえじきになるのを覚悟したそのとき、離れて見ていた友だちがいっせいに「おおっ！」と叫んだ。痛みをこらえて膝立ちになると、砂が入ってぼやけた目が白い布を振り回す人影をとらえた。ビャッコさんが飛び交うアブを振り払っていた。

「早く！　立って！　こっち！」

僕は跳ね起き、ビャッコさんの後を追って走った。友だちの「ヒューヒュー！」と冷やかす声が聞こえる。僕らは職員室の中庭側の通用口に駆け込み、ガラスの引き戸をピシャリと閉めた。僕は息も絶え絶えで床に座り込んだ。引き戸にもたれて安堵の息を漏らすビャッコさんの手元を見て、振り回していたのが体操服だとわかった。

担任のニタポンが「おい、アレは禁止だろうが！　福島まで、何やってるんだ！」と叫んだ。反論しようとしたが、息が切れて声にならない。ビャッコさんは「通りかかったらアブが飛んできたんです」としれっと答え、僕に「保健室行こ」と言った。保健室は職員室のすぐ隣だ。保健の先生はいなかった。

「まず顔をしっかり洗って。けっこう血が出てるよ」

僕は手洗い場で顔の砂を洗い落とした。擦《す》り傷に水がしみる。

「ありがと……それに、ごめん」

「お礼はともかく、ごめんって？」

「だって、共犯扱いされちゃったから。助けてくれただけなのに」

ビャッコさんは「そんなのいいよ、別に」と言いながら、オキシドールを湿らせた脱脂綿を鼻とほっぺたに押し当てた。かなりしみたけど、なんとか平静を装った。

「男の子って、変だよね。なんであんなことするんだろ。何の役にも立たないのに」

何の得にもならないし、役にも立たないよな。僕はふと、クラブのことを思い出した。

「あ。これ、昆虫学者みたいだね」

ビャッコさんも同じことに思い当たったようだ。僕は「昆虫学者は役に立つし、アブをホウキでつついたりしないけどね」と言った。僕の顔を見て、ビャッコさんがはじめはクスクスと、そのうちコロコロと笑い出した。僕も笑いがこみあげてきた。

「でも、似てる。わけもなく、やらずにいられないって感じ。もう止まったかな」

ビャッコさんはニコっと笑って立ち上がった。ドアから出ていくときに振り向いて、「またクラブで。お互い、宿題、しっかりやっていこうね」と言った。

カイシュウ先生は僕の顔のかさぶたを見るなり「お、これはこれは。名誉の負傷ですか」と満面の笑みを浮かべた後、「いや、それは……ただ単にすっ転びましたね」

と言った。鋭い。

ビャッコさんが「アブダッシュの最中に転んだんです」と笑った。

いや、わかんないだろ、その説明じゃ。

「なんと、アレ、まだやってるんですか。始まったのはたしか、ワタクシが入る2、3年前のはずです。藤棚ができた次の年から、誰とも知れずやりだしたそうです」

ここの卒業生だったのか。カイシュウ先生は楽しそうに肩をゆすって、「アブにどこをやられましたか」と聞いた。

「いえ、それが……助けてもらって、刺されてはいません」

「ほう。その友だちには、しばらくアタマが上がりませんね」

僕が横目で見ると、ビャッコさんが口の端だけでニッと笑った。

「バカバカしい伝統ですが、特に男子に一人前の大人と認めるための通過儀礼を課す社会は珍しくありません。サッチョウさん、再挑戦、がんばってください」

カイシュウ先生がウインクした。サマになってるけど、先生があおっていいのか。

「わたし、アブダッシュと昆虫学者が似てるって思いました。居てもたってもいられないというか、やりたいからただやる、みたいなところが」

「なるほど」

カイシュウ先生はあごをなでながら少し考え、「お二人、天職って言葉、知ってますか」と聞いた。

「ぴったりの仕事、とかそういう意味ですよね」

「正解。英語ではコーリング、なんて言います」

天職＝ｃａｌｌｉｎｇ

「その仕事があなたを呼んでいるってわけです。かっこいい表現ですよね。でも、それだけじゃない、厳しさも含んだ言葉だとワタクシは思います」

カイシュウ先生は黒板の前から僕たちの席の近くに戻ってきた。

「サッチョウさん、将来、何になりたいですか」

「それは、なれそうなモノ、じゃなくて、夢みたいな？」

「あなた、まだ中学生なんだから、夢を語りましょうよ」

「機械の設計とか発明とかそういうのをやりたいです。機械いじりが好きなので」

「なるほど。ビャッコさんは？」

「一人できちんと生きていけるなら、なんでもいいです」

一人で、か。ビャッコさんは、早く家を出たいのかな。

カイシュウ先生は深入りせず、「二人とも現実的ですねえ」とうまく引き取った。

「カイシュウさんは、何になりたかったんですか」

「ワタクシは研究者になりたかったのです。物理学の」

カイシュウ先生の口元に笑みが浮かんだ。少しさびしげな笑顔だった。

「大学までしがみついたのですが、諦めました。コーリングじゃなかったんですね」

「どうして天職じゃないって思ったんですか」

カイシュウ先生は天井を見上げてしばらく考え、校庭に目をやった。

「アメリカの大学に通っていた頃、ラジーブという友人がいましてね。インドからの留学生で、寮も一緒。ワタクシはイギリスのインターナショナルスクールを卒業して18歳で大学に入ったのですが、ラジーブはまだ15歳でした」

飛び級か。優秀ならどんどん学年をスキップしちゃう制度だ。

「彼は本物の天才でした。ワタクシが3年生になるときにはラジーブはもう大学院に上がっていました。フォトグラフィックメモリー、いわゆる写真記憶の持ち主で、一度見たものは二度と忘れない。それに加えて数学的センスも抜群だった」

ビャッコさんが「でも、何も忘れられないっていろいろとつらそう」とつぶやいた。

「ラジーブがそう言ってましたね。何年たってもつらい場面や腹が立った出来事があまりに鮮明に頭に浮かんで寝られないことがあるって」

それはきつい。適当に忘れっぽくてよかった。

「でも、ワタクシはただただうらやましかった。逆立ちしてもかなわない天才なのです。おまけに超がつくハードワーカーで、ときには徹夜で研究に没頭する。それを見て、ワタクシは物理学を諦めました」

「いや、別にその人に勝たなくたって、研究者にはなれますよね」

「彼ほどの才能がないことより、彼より物理学を愛せない自分に気づいたのがショックでした。彼のように、何が何でもこれをやりたい、やらずにいられない、というほどの衝動がわいてこない。これは天職じゃない、と思い知らされた」

ビャッコさんがカイシュウ先生の顔をじっと見て、ゆっくり大きくうなずいた。僕もわかったような顔をしておいた。カイシュウ先生が「これはまた豪快に脇道にそれましたね」と言いながら腕時計を見た。

「お二人、今日はこの後、空いてますか」

ビャッコさんと目が合った。僕たちはそろってコクリとうなずいた。

「おお、息がぴったり。チームワークが芽生えてきましたね。では、お茶でも飲みに行きましょう。担任には伝言しておきます。荷物を持って10分後に北門集合です」

そう言い終わるや、教室から出ていってしまった。僕たちは顔を見合わせた。ビャッコさんが「ま、いいか。一応、先生の提案なんだから」と笑った。

ベンツが滑るようにカーブを描き、ホテルのロータリーで停車した。左の後部ドアからビャッコさんが降りる。僕も続くと、真っ白な手袋のお兄さんがドアを支えていた。

カイシュウ先生が大きな玄関に向かって歩いていく。車を置きっぱなしでいいのかなと振り向くと、お兄さんが運転して駐車場に向かうところだった。

数年前にできたこのホテルに、僕は初めて足を踏み入れた。以前、近くを通ったとき、お母さんが「あの外資系のホテル、泊まってみたいわねえ」と言うと、お父さんが「素泊まりで1泊5万も10万も取るなんて、ただのボッタクリだろ」と鼻で笑った。その瞬間、このガイシケイのホテルは「僕には関係ない物リスト」に加わった。福島家と同じカテゴリーだ。

その思いは今、確信に変わった。居心地が悪い。無駄に天井が高いし。庭に面した床から天井までのガラス壁は曇《くも》り一つなく磨きあげられ、午後の光が照明の薄暗さを補っていた。ホテルの人たちは、やわらかい、張りついた仮面のような笑顔を見せていた。

カイシュウ先生は短い階段を下りてソファの一つに腰を沈めた。一段低くなった場所がカフェになっているようだ。周りのソファでは普段、近所では見かけない身なりの人たちがくつろいでいる。ビャッコさんと僕はカイシュウ先生の向かいのソファに座った。

「いらっしゃいませ。カフェタイムのメニューでございます」

足音もなく忍び寄ってきていたおじさんが大きな茶色の革張りのメニューを渡す。しわ一つない黒い制服と真っ白なシャツに赤い蝶《ちょう》ネクタイ、そして張りついた笑顔の仮面。

カイシュウ先生は「プリンス・オブ・ウェールズを」とメニューも見ないで注文した。おじさんがビャッコさんに「お嬢さまはロシアンティーでよろしいですか」と聞いた。ビャッコさんがうなずく。おじさん、エスパーかよ。

カイシュウ先生が「よく来るんですか、ここ」と聞くと、ビャッコさんが「週末、たまに」と答えた。常連さんですか。そうですか。

注文が決まっていないのは僕だけになってしまった。妙に重いメニューのページをめくると、紅茶やコーヒーの名前らしきものがいっぱい並んでいる。あせる。よし、このミックスジュースにしよう、と決めかけて、値段に目玉が飛び出た。ジュース一杯で1500円って……。おじさんは今にも「お決まりになりましたら」とか言って向こうに行ってしまいそうな気配だ。そうなると、お決まりになってからまた呼び戻さないといけない。

そのとき、名案がひらめいた。

「ロシアンティーって、おいしい？」

ビャッコさんが「うん」と笑った。

「僕もそれにします」

「3人ともスコーンのセットにしてください」

蝶ネクタイのおじさんは「かしこまりました」とかしこまって、歩み去った。

しばらくして3人分の紅茶が運ばれてきた。スコーンも二つずつ、綺麗な花柄の入った皿に並んでいる。ビャッコさんがイチゴジャムをスプーンですくって紅茶に溶かした。なるほど、これはおいしそうだ。

「お二人、ロシア人がそんなふうに紅茶を飲んでると思うでしょ。でも、ロシアでは混ぜたりしないで、紅茶を飲みながらジャムをスプーンで舐《な》めるんです」

それはそれでおいしそうだ、と思いながら、和風ロシアンティーを飲んでみた。おいしい。ロシアの人も、ペロペロしてないで、混ぜちゃえばいいのに。

ビャッコさんが「それで、ここで宿題をやるんですか？」とスコーンを手に取りながら聞いた。

「さすがにここで売春婦や高利貸しについて声高に論じるのは気が引けますね」

隣のテーブルの老夫婦がぎょっとした顔で僕らを見た。十分、声高ですよ、先生。

「ですので、前回ワタクシが挙げた中で当たり障《さわ》りがない職種を掘り下げます。どれだと思いますか」

僕はちょっと考えてから、「一つはサラリーマン、かな」と言った。

「正解。ではビャッコさん。サラリーマンは世の中の役に立ちますか」

「それは、人によると思います」

ここは僕もけっこう迷った。クラスの委員でも、いないほうが仕事がはかどるヤツもいるしな。

「ケースバイケース、というわけですか。では、サラリーマンという集団でみたら、世の中の役に立っているでしょうか。サッチョウさん、どうですか」

「それは会社によるってことになるのかな。勤めてる会社が世の中の役に立つなら、そこで働くサラリーマンも役に立つことをしているわけだし」

「その通り。ですから、サラリーマンは勤め先選びがすべてと言ってもいい。世界一の投資家と言われるバフェットというおじさんがこんなことを言っています。『やる価値のないことなら、うまくやる価値もない』。ダメな会社の中でいくらがんばっても、世の中の役には立たないってわけです」

すごく当たり前な感じがするけど、ずっとがんばったあとで自分の会社がダメだって気づいたら、ショックだろうなあ。

「ところでワタクシは別に一つ、サラリーマンのやる職業を挙げました。覚えてますか」

ビャッコさんが「銀行家」と即答した。すごい。

僕は「銀行家って、銀行員とは何が違うんですか」と聞いた。

「わざわざちょっと古めかしい言葉を使ったのは、英語のバンカーに当たる職業をイメージしているからです。高度で専門的な金融業を担っている人々。名前からして音楽家とか芸術家、あるいは政治家みたいでちょっと偉そうでしょう。銀行員というと普通の会社員、事務員に近い感じですかね。さてその銀行家、あるいは銀行というビジネスは世の中の役に立っていますか」

実はこれ、ちょっと前に社会の時間でやったんだよね。

「役に立っていると思います。預金しておけば泥棒の心配がなくて安全だし、みんなから集めたお金を会社や住宅ローンみたいに貸すのも銀行の大事な役割です」

「完璧な模範解答ですね。誰の入れ知恵ですか」

入れ知恵って……授業で習ったんだけど。

「ご指摘の通り、お金が余っている人と足りない人の間に立ってお金をうまく流すのが銀行の仕事です。そのほかにもお客さんのいろんな相談に乗ったり、経営や資産運用のアドバイスをしたり、役割は多い。ヘタな助言がアダになることもありますが」

言葉の端々にトゲがある。カイシュウ先生は銀行が嫌いなのかな。

「銀行の詳しい役割についてはもうちょっと先でまとめてやります。今日は、役に立つ、立たないという視点だけで話をしましょう。まず、銀行は役に立つ組織であり、銀行家は極めて重要な仕事です。なかったら世の中まったく回らないぐらい重要です。ただ、だからといって銀行のやることが全部、役に立っているとはかぎらない」

カイシュウ先生が身を乗り出した。つられて僕らも少し前のめりになった。

「お二人、リーマンショックって、ご存じですか」

テレビのドキュメンタリー番組とかで聞いたことはある。

「2008年にリーマン・ブラザーズという名門銀行がつぶれました。誰もそんな大銀行が破綻《はたん》するとは思わなかったから、『次はどこだ』とパニックが広がり、銀行同士のお金の貸し借りが止まって、金融システム全体が機能不全に陥《おちい》りました」

ビャッコさんが「え。銀行が銀行にお金を貸したりするんですか」と質問した。

「銀行は毎日、世界中でものすごい額のお金をお互いに貸し借りしています。今日借りて明日返す、といった超短期で。お金が足りない銀行が余っている銀行から借りて帳尻を合わせているのです。そうした流れが止まってお金の大渋滞が起き、その結果、世界恐慌《きょうこう》の一歩手前までいってしまった。これがリーマンショックです」

僕は「世界恐慌って、歴史の授業で習ったような、ですか」と聞いた。

「そうです。世界中がパニックになり、企業がどんどんつぶれて失業者があふれる寸前までいったのです。教科書に出てくる1929年以降の大恐慌は、第二次大戦の遠《えん》因《いん》になりました」

割と最近、そんな大変なことがあったとは、知らなかった。

「でも、変だと思いませんか。世の中の役に立つはずの銀行が突然つぶれる。しかも、名門中の名門の大銀行が。なぜそんなことが起きたのか」

あらためて言われてみると、たしかに変だな。

「煎《せん》じつめると、危機の根っこにあったのは、リーマンや他の大銀行が、所得の低い人たちに自力で返せっこない金額の住宅ローンを貸しまくったことでした。住宅の値段が上がっているうちは問題なかったのですが、そんな無理な融資を垂《た》れ流す状態が長持ちするはずがありません。住宅価格が下がりだしたら、ローンを返済できない人が急増した」

カイシュウ先生がカップを口に運んだ。僕たちが理解するのを待っているのだろう。

「それで、貸したお金が返ってこなくて銀行が損をしたってことですか」

ビャッコさんが質問すると、カイシュウ先生が首を軽く左右に振って応じた。

「まだ先があります。欧米の大銀行は、無理にお金を貸すだけじゃなく、さらにひどいことをやった。証券化という特殊な手法を使って、自分たちの負うべき責任を世界中のいろんな投資家にばらまいていたのです。証券化というのは、『お金を貸した』

という取引自体を、別の銀行や投資家に売り払ってしまう高度なテクニックです」

取引自体を売り払うって、どうやるのかな。ちょっとついていけない。

「複雑な仕組み自体は重要ではありません。要点は、貸したお金を責任持って返してもらうのが銀行の本業なのに、野放図《のほうず》に他人に貸し倒れのリスクを押しつけたことです。もちろん証券化商品を買ったほうにも責任はあります。目先の利益に目がくらんで中身もわからないモノに手を出したわけですから。しかし、それを差し引いても、無謀《むぼう》な住宅ローンを証券化してばらまいた銀行の責任は重いとワタクシは思います」

「その、よくわからないものをばらまいた結果、どうなったんですか」

「欧米の住宅価格が異常に上がり続けた数年間、こうした取引が爆発的に増えました。その結果、世界中に、どこかで綻《ほころ》びが起きたら連鎖的に損失が広がる網の目ができてしまった。本当の価値がいくらなのか誰にもわからないゴミのようなモノが、何十兆円も積み上がってしまったのです。そして、ある日、ドカンと来た」

カイシュウ先生がここでまた間をとった。

「これはたちの悪い『ジジ抜き』のようなものです。みんなでカードを引きっこしている。どれがジジかもわからずに。だんだん『どうもこれはあやしい』というカードが増えてくる。気がつけば、みんなの手札がほとんどジジだらけになっている。誰も逃げられない」

それは実に精神衛生上よろしくないゲームだ。

「再び、複雑な細部は重要ではありません。本質は、優秀な銀行家たちがなぜそんなバカなマネをしたのか、です。なかには本気で自分たちの仕事は素晴らしい新技術だと思っていた人たちもいましたが、そういう輩《やから》はただの間抜けです。本当に優秀な人間は、こんなことはいつか破綻するとわかっていながら、やっていたんです」

ビャッコさんが「なぜですか」と聞いた。

「もうかるから、ですよ」

「え？　もうかるって、おかしくないですか。銀行は損をするんでしょ？」

「銀行はもうかりません。もうかるのは銀行家です」

訳がわからない。銀行が損すれば銀行家も損するんじゃないのか。

「極端な話、銀行がつぶれようがどうなろうが関係ない。その前にたんまりボーナスをもらえば。欧米の銀行のエラい人たちが、どんな高給をかっさらうか。誇張《こちょう》ではなく、サッチョウさんのお父さんの百倍、千倍の報酬です。たとえばアメリカの某銀行のトップは、リーマンショック直前に数十億円のボーナスをもらっています。信じられない高給ですが、それ以上に会社をもうけさせているからオーケーだって理屈です」

そんなにもらえたら、何の躊躇《ちゅうちょ》もなくスコーンをおかわりできるんだろうな。

「もう少しおやつをつまみたいところですが、時間がないですね」

僕らはロビーの壁時計に目をやった。たしかにもういい時間だ。

「中途半端ですが、銀行家の話はひとまず切りあげましょう」

カイシュウ先生が蝶《ちょう》ネクタイのおじさんに軽く握ったこぶしを小刻みに動かしてみせた。「今の何？」とビャッコさんに聞くと「サインのマネ。お勘定してくださいって意味」と教えてくれた。

すると、おじさんがテーブルの脇に来てカイシュウ先生の耳元に口を寄せた。カイシュウ先生は軽く眉根《まゆね》を寄せると「そういうわけにはいきません」と静かに、きっぱりと言った。おじさんはほんの一瞬ビャッコさんに目をやってから席を離れた。

支払いを済ませ、玄関のドアからロータリーに出ると、お兄さんが「お帰りですか」と駆け寄ってきた。しばらくしてベンツが姿を現した。カイシュウ先生は「いつもありがとう」と礼を言って運転席に乗り込んだ。お兄さんが回り込んで後部座席のドアを開けてくれた。

帰り道、ビャッコさんが「気分を悪くされたなら、すいません」と言った。僕がキョトンとしていると、カイシュウ先生が「いや、まあ、ごちそうになっちゃう手もあったんですけどね」と応じた。何の話だろう。

あ。そうだ、忘れてた。

「あの。ごちそうさまでした。紅茶もスコーンもすごくおいしかったです」

カイシュウ先生とビャッコさんがバックミラー越しに目を合わせて、二人同時に笑いだした。変なこと言ったかな。

「どういたしまして。でもね、サッチョウさん、世間には、タダより高くつくモノはない、なんて言葉もありますよ」

高くつくって、何がどうなるのかな、と考えていると、ビャッコさんも「ごちそうさまでした」と言った。カイシュウ先生は「いえいえ、お粗末さまでした」とだけ答えた。

放課後

図書室で会いましょう

金曜の夕方、僕はふと学校の図書室に向かった。宿題を考えるヒントを探すためだ。しばらく職業紹介や『お金の秘密』といった題の本を流し読みしてみた。収穫はゼロ。まあ、高利貸しや売春なんてテーマが中学校の図書室の蔵書でカバーされているはずもないけれど。

諦めて帰ろうとしたとき、視界の端にビャッコさんの姿がひっかかった。隅のほうで、大判の本を棚のへりとお腹で支えながら熱心に眺めている。そこは「郷土と学校の歴史」という、退屈な図書室の中でも極めつきに退屈なコーナーだった。

「何読んでるの？」と声をかけると、ビャッコさんはビクッと心底驚いた顔をした。なんだか悲しい反応だ。僕は話しかけたことを後悔した。

ビャッコさんは「何となく、いろいろ見てただけ」と言いながら本を棚に戻した。

「宿題のヒントを探しに来たけど、無駄足だった」

「だろうね。あのクラブ、変すぎるから」

「だよね。ほんと、変。宿題も、先生も」

ビャッコさんはニコリと笑うと「わたし、もう帰るね」と立ち去った。

僕はビャッコさんが読んでいた本の棚を見た。そこは開校以来の卒業アルバムが並ぶ一角だった。

なんでこんなモノ、と思ったところでお腹が盛大に鳴った。今日の晩ご飯、何かな。

5時間目

もうけは銀行家、損は国民に

「さて、尻切れトンボのお茶会の続きです。有能なはずの銀行家がなぜ世界を混乱に陥《おとしい》れる愚行を犯したか、というお題でした。サッチョウさん、覚えてますか」

「銀行は損しても銀行家はボーナスがいっぱいもらえることがある、という話でした」

「簡潔なまとめ、ありがとうございます。一部の銀行家が、うさんくさい商品を編み出して大量に売りさばき、ボーナスをもらってとんずらしたわけです」

相変わらずいまひとつわからないけど、なんだかひどそうだ。

「世界屈指の優秀な人材を集めた銀行がつぶれた。その連中は、詐欺《さぎ》まがいの仕事をやっていたのに、いや、だからこそ、つぶれる前の数年間は信じられないような報酬を手にしていた。さて、実は、話はここからさらに輪をかけてひどくなります」

これ以上、ひどくなりようもない気がするけど。

「リーマン・ブラザーズが破綻したとき、世界中でお金の大渋滞が起きました。疑心《ぎしん》暗鬼《あんき》になった銀行同士がお金を融通しあうのをやめてしまった。企業や個人も銀行からお金を借りられなくなった。それで世界は恐慌の一歩手前までいったわけですが、それはギリギリで回避された。国が銀行の借金を肩代わりすると宣言し、危ない銀行に資本を入れて、金融システムを支えたからです。危機一髪、一件落着。と言いたいところですが、国あるいは政府のお金は、突き詰めると誰のお金でしょうか」

カイシュウ先生はちょっと間をおいた。

ビャッコさんが「国民、ですか」と答えた。

「正解。銀行が連鎖破綻したら世界が大打撃を受ける。だから国は銀行を救った。納税者負担で」

再び、しばしの間。つまり、これは、銀行家と縁のない僕らにも関係ある話ってことだな。

「まとめてしまえばこういう構図です。一部の銀行家は他人のお金で派手なギャンブルをやっていた。勝ったときだけ自分が大もうけして、負けたら納税者にツケを回す。そういう、まことにおいしいゲームです。無論、すべての銀行、すべての銀行家がそうだと言っているわけじゃない。大部分の銀行家は世のため人のため、お金を回すという銀行の本分に真面目に取り組んでいます。でも、一部の連中は、突き詰めると他人の褌《ふんどし》で相撲を取って甘い汁を吸っていた」

いくら汁が甘くても、他人のフンドシは、ちょっと臭そうで、いやだな。

「そういうケシカラン連中を仮にダニ軍団と名づけましょう。平時はダニ軍団はけっこうなお金を稼いで、ボーナスをたんまりもらっている。そこにリーマンショックみたいな危機がきて、金融市場がパニックに陥る。マーケットは恐ろしいもので、ひとたび荒れると人間の力ではパニックは簡単に収められない」

ずいぶん危なっかしいな。しかし、ダニ軍団ってすごいネーミングだ。

「そのときダニ軍団は、このままでは世界恐慌になりますよ、と政府や国民を脅《おど》す。我々を助けたほうが結果的に安上がりですよ、と言いつのる。無茶な話ですが、無理が通れば道理が引っ込む。ダニ軍団にも多少の犠牲は出ますが、見事、世間様のサポートを得て生き残る。あるいは、ほとぼりが冷めた頃に、新たなダニがわいて出てくる」

カイシュウ先生は一気に話すと、すっと立ち上がって窓に歩み寄った。

「そういう銀行家は役に立たないってことですよね」

ビャッコさんのひと言で、無性に腹が立っていた僕は我に返った。

「そろばん勘定クラブの本領発揮ですね。ビャッコさんの評価はいかがですか」

「役に立たないというより、迷惑って感じです」

カイシュウ先生が「迷惑、ですか。こりゃいい」と笑い、僕もつられて笑った。

「ワタクシは迷惑ではすまないし、ダニと呼ぶのもまだ甘いと思います。寄生虫は致命的な害はないものです。寄生している相手を生かさず殺さず末永くお付き合いする。ダニ軍団のロクデナシ銀行家はその寄生虫の域を出ている。長い目でみれば宿主の健康、つまり世界の秩序を大いに損ねる危険をはらんでいます」

言ってた通り、だんだんと話がひどくなるな。

「我々の社会は資本主義という仕組みを採用しています。そのもっとも大事な土台は、社会に貢献した企業や人が正当な評価を受けること、です。役に立つ発明やサービスを提供する会社や、まともに働く人たちが世界の富を増やす。企業や人々は、その貢献度に応じて相応の報酬を得る。この『世の中のために役に立った人はちゃんと報われる』という仕組みが、経済の決定的に重要なエンジンになっている。そして、この仕組みを根幹から支えるのが『市場』です。それゆえ、我々の経済システムは市場経済とも呼ばれます」

市場経済

「売り手と買い手が出会ってモノやサービスについて値段の折り合いをつける場所、それが市場です。ダニ軍団はこの市場経済の根っこを腐らせます。長い目でみれば社会に害毒を与える連中が、分不相応《ぶんふそうおう》な分け前をさらっていくからです。富の分配がゆがめば、経済の効率は落ちるし、不平等感や不満も高まり、社会全体への信頼が損なわれます。ダニどころか経済を殺す病原菌なんです」

今日の話は半分ぐらいしかわからない。とにかく感じるのは、カイシュウ先生の怒り、嫌悪感だった。

「カイシュウ先生は、どうしてそんなにダニ軍団を嫌うんですか」

カイシュウ先生は僕たちの前の席に戻ると、笑みを浮かべてこう言った。

「なぜなら、ワタクシもかつてダニ軍団の一員だったからです」

教室が静まりかえった。

「ワタクシは長年、金融業界で経済を分析する仕事をやっていました。経済の中でも、マーケットの非常に細かくてややこしい分析が専門でした。クオンツというのですが、こんな専門用語は大人でも知らないから忘れてください」

僕は「でも、物理学と銀行って、ずいぶん違うような」と素朴な疑問をぶつけた。

「それが似ているんです。使う数学はほぼ一緒で、コツをつかめば楽勝です。実際、周囲にも物理から金融に行く連中は多かったですよ」

「ラジーブさんとは全然違うことをやりたかったんですか」

「ビャッコさん、痛いところを突きますね。そう、心のどこかで、稼ぎで天才を見返そういう下心があったのでしょう。皮肉なことに、ワタクシはクオンツとしてはちょっとした天才でした。実にロクデモナイ分野で才能があったのです」

頭が良い人の贅沢《ぜいたく》な悩みだな。カイシュウ先生はため息をついて天井を見上げた。

「今でも忘れられない出来事があります。父のファミリーに、誰からも尊敬される大伯父がいましてね。大伯父は現役時代、世界有数の銀行家でした。子どもの頃からとても可愛がられていたワタクシは、仕事が決まったとき、アメリカの彼の自宅まで報告に行ったのです。同じ道に進んだことを喜んでくれると思って。結果はまるで逆でした。銀行でクオンツになると話すと、彼は心底落胆しました。そしてこう言ったのです。『本気でそんな無駄なことに人生を浪費するつもりなのか』と」

今度の間は長かった。これで話が終わってしまったのかと思うほどだった。

「戸惑うワタクシに、大伯父はとどめをさしました。『悪いがもう帰ってくれ。今日は人生で一番悲しい日になった。二度と家には来ないでくれ』。そう言ったのです」

それはきつい。

「ワタクシにも人生があります。気を取り直して銀行で一生懸命働きました。やってみると、先ほど言った通り、才能があった。あっという間に出世してとんでもない報酬をもらいました。あぶく銭《ぜに》にうかれて、3回転職するうちに2回離婚しました」

いやいや。思わず「転職と離婚は関係ないような……」と笑ってしまった。

「ところが実際、稼ぎが桁外《けたはず》れに増えると離婚するケースは少なくないのです。トロフィーワイフなんて言ってね。成功を誇示するためにモデルさんみたいな美人を奥さんにしたりする。バカバカしい話ですが、まあ、似たようなマネをしたわけです」

そんなことをする人には見えないけど、自己申告だから本当なんだろう。

「そんなこんなで、たんまり稼いで我が世の春を謳歌《おうか》していたところに金融危機がやってきたのです。リーマンショックは2008年の出来事ですが、ワタクシの破滅はその1年前にきました。詳細は省《はぶ》きますが、高度な数学を使うクオンツが、ある夏の日に突然、軒並み吹き飛ばされたのです。ほんのちょっとしたきっかけで、マーケットがこれまでとまったく違うものに変質してしまった」

さっぱりわからないけど、とにかく大損したみたいだ。

「ちょっと告白タイムが長くなりすぎましたね。質問タイムにしましょう」

「銀行で働いている間に、その大伯父さんには会わなかったんですか」

「結婚式と葬儀で2回ほど顔を合わせました。そうそう、そのとき、彼がとても印象深いことを言いました。『ATMを最後に、銀行の発明したものは人類に貢献していない』と。ワタクシのような仕事をあらためて全否定したわけです。大伯父も呆《ぼ》けたな、と思いましたね。実際は欲で呆けてたのはワタクシのほうでしたが」

「今は3人目の奥さんがいるんですか。子どもはいますか」

ビャッコさん、ツッコミ鋭いなあ。そこはちょっと知りたいところだ。

「今は独身です。2回結婚して2回離婚ですから、打率10割です」

そんな打率は計算しなくていいから。

「子どもはアッチとソッチに、あわせて息子2人と娘3人がいます。みんな元奥さんと暮らしています。長期休暇には遊びに来ますし、子ども同士は仲良しで一緒に旅行に行ったりしますね」

どうにも想像を絶する。僕とビャッコさんは顔を見合わせて思わず笑ってしまった。

「それで、その後、仕事はどうなったんですか。その我が世の春が終わって」

「春の次はいきなり真冬でした。夏とか秋とかなしで。長年やってきたことがまったく通用しなくなった。やればやるほど損するのです。それですっぱり仕事を辞めました。辞めて頭を冷やして、遅まきながら気づきました。自分が正真正銘のダニだってね」

そんなきつい決め台詞《ぜりふ》を、そんなにこやかに話されても困るんだけど。

「うすうす感づいてはいました。でも、辞めてみて、すーっと未来が見えたのです。1年後のリーマンショックのような暗い未来が。自分がやってきたことが世界中の人たちの人生を破壊しかねないことに戦慄《せんりつ》しました」

僕はふと「未来が見えたら、それでもうけられそうな気もするけど」とつぶやいた。

「これはまた鋭い。実際、知り合いはその後、この世の終わりが来たらもうかるような取引をガンガンやってがっぽりもうけましたよ」

「その、びっくりするぐらいのお給料ってのは、ちゃんと貯金してあるんですか」

「蓄えは、今はあるにはあるんですが、ある種の借金みたいなものも残ってましてね。それでほぼ帳消しになっちゃう予定なんです」

　ビャッコさんが「あ、もしかして、養育費?」と突っ込むと、「大正解。狂った金銭感覚で離婚協議をやりましたから、まあ、自業自得です。悪銭身に付かずってね」と笑った。

　僕がなんと反応したらいいか困っていると、ビャッコさんが「その言葉、ピッタリすぎ」と独り言のように言った。ワンテンポおいて、僕たち3人は声を上げて笑った。

放課後

先生とお父さんは同級生？

晩ご飯のとき、お母さんが「あら。クラス会あるのね」とハガキを手につぶやいた。

「たまにはそういうの、行けばいいのに」

姉貴の言葉にお母さんはこたえもせず、ハガキの表と裏をくるくると眺めている。

「お母さんって、うちの中学だったんだよね」

「お父さんもよ」

そうだった。お父さんは今日も夜勤だ。

「ねえ、カイシュウ、じゃなくて、江守って人、いなかった？」

「エモリ？」

「そう。ハーフっぽくて、もしかしたら背が高かったかも」

「ああ、いた、いた。でっかい男の子。一つか二つ、上の学年に」

世間は狭い。同世代だからそれほど驚くほどのことでもないか。

「どこでそんな情報仕入れたの？　わたしだってすっかり忘れてたのに」

「今のクラブの先生なんだ。卒業生だって言ってたから。もしかして、その人、お父さんと同学年だったんじゃない？」

「かもね。そこまで覚えてない」

僕は図書室でのビャッコさんの行動の謎が解けた気がした。

「ねえ、お父さんの卒業アルバム、出してよ」

「無理。たぶん、一番奥の写真のダンボールの、そのまた底にあるのよ」

お母さんが押入れのほうにアゴをしゃくった。姉貴が「くだらないこと言ってないで、早く食べな」と割って入った。もう8時か。

押入れをひっくり返すより、図書室に行くほうが早そうだ。

6時間目

いる？　いらない？　最古の職業

「さて、まずは我々がリストアップした職業をおさらいしましょうか」

結局、僕は僕なりに忙しく、卒業アルバムを探す作戦は手つかずだった。

先生
昆虫学者
パン屋
高利貸し
パチンコ屋
地主
サラリーマン
銀行家
バイシュンフ

カイシュウ先生が「このうち、議論ができていないものは4つですね」と板書をながめて言った。

高利貸し、パチンコ屋、地主、バイシュンフ、だな。なかなかのメンツだ。

「今日はこのうちパチンコ屋とバイシュンフの2つを取り上げます。さて、さすがにギャンブルと売春について教室で声高に論じるのは気が引けます。ちょいとまたドライブと洒落《しゃれ》込《こ》みましょう。荷物を持って北門前に集合です」

そう言い置くと、カイシュウ先生は教室から出ていった。

板書は声高に放置されたままだった。僕たちは苦笑しながら黒板消しをふるった。


「さて、密室の講義を始めましょう。売春からいきましょうか」

身長2メートルのオジサンが中学生に売春を語る。なんとも言えない空間だ。

「ところで、お二人、なぜバイシュンフなんて職業があるんだと思いますか」

しばしの沈黙のあと、ビャッコさんが「オトコの人がエッチだから」と言った。

「その通り。しかし、それでは『フ』に夫という字も当てた甲斐《かい》がない。つまり、ビャッコさんのお言葉は、こう言い換えられます。人類がスケベだから」

ビャッコさんはかなり不満げだ。僕としては、うん、なんとも言えない気持ちです。

「もちろんバイシュンフのお客にならない人もいる。しかし、最古の職業と言われるほど普遍的なニーズがあるのも事実です。売春までいかなくても、綺麗な女性やカッコいい男性がお酒のお相手をするお店は山ほどある。いわゆる水商売です。見目麗《みめうるわ》しい異性と、お金を介した偽りの関係でも仲良くなりたい人はたくさんいる。水商売や売春は人間の本能に根ざしたビジネスです」

カイシュウ先生はそこまで話すと、少し間をとって、「いや、迂闊《うかつ》でした。世の中には同性愛者もたくさんいます。異性間売春だけ取り上げるのはバランスを失する。ただ、そうした人々も本質的な欲求は同じでしょう」と付け加えた。

ちょっと中学生相手に高度すぎないか。教室を抜け出したのは正解だったようだ。

「本筋に戻りましょう。売春およびバイシュンフは世の中の役に立っているか」

ビャッコさんが「立ってないに決まってます」と秒速で切り返した。

「ほほう。なぜ」

「なぜって……法律違反だし、良くないことだから」

「ビャッコさんらしからぬ紋切《もんき》り調ですね。サッチョウさん、ご意見は」

こっちに振るなよ。

「そりゃ、できればないほうがいいんじゃないでしょうか」

「倫理的に売春を否定するのは簡単なようで難しい。現代日本では売春は犯罪です。でも、違法化されたのは1957年、ほんの半世紀前なのです。現在でも、たとえばオランダは政府公認の場所での営業を認めています」

そうなのか。

「時代をさかのぼればバイシュンフのステータスはぐっと上がります。日本では花魁《おいらん》、西洋でも貴族を相手にする高級娼婦《しょうふ》が文学やオペラの題材になっている。たとえば樋口一葉《ひぐちいちよう》の『たけくらべ』。ヒロインの美登利《みどり》は花魁になる身を恥じてはいない。価値観は時代や場所によって変わる。古今東西、いつの世も犯罪である殺人や盗みとは決定的に違います」

僕らはカイシュウ先生の勢いに押されて黙り込んでしまった。

「お二人、必要悪、という言葉を知っていますか」

畳みかけるように、カイシュウ先生が僕らに問いかけた。すかさずビャッコさんが
「売春は必要じゃないと思います」と切り返した。

「では、根絶できないほど普遍的なニーズがある、と言い換えましょう。廃人を量産する麻薬と違って、感染症の問題さえクリアすれば売春は健康にはニュートラルか、ヘタしたらプラスです。子作りで寿命が縮《ちぢ》むなら人類は70億人にまで増えてません」

ズバズバくるな、このおじさん。ビャッコさんの不機嫌オーラが強まっている。

「売春は、この世からなくせないのに建前では根絶すべきという矛盾を抱えている。なくすべきモノに社会的地位は与えられないというコドモの発想で対処しているせい

で、事態をコントロールできなくなっている。人間は欲に負ける弱いモノです。必要悪と認めて害を最小限に抑えるべきです。たとえば場所と従事者を厳格に管理して働く人の健康と人権を守る。人身売買を防ぎ、若者が小遣い稼ぎで手出しできないようにする。収入を把握して税金を取るのも重要です。日本なら、広い意味の売春は年間数千億円から兆円単位に達するでしょうから」

マジですか。やっぱり人類はエッチなんだな。

「ワタクシは売春を明確に否定します。しかし、リアリストとして、現実に立ち向かわなければならない。その前提のうえで、あらためて問います。もし合法なら、売春は世の中の役に立ちますか」

ビャッコさんは長考モードに入った。僕もじっくり考えよう。まず、買うほうは、高いおカネを払うぐらいなんだからまあ、嬉しいんだろう。売るほうはどうなのか。

「あの、働く人の気持ちはどう考えたらいいですか。無理やりやらされたり、貧乏で困ってするとかって、とても不幸なわけだから、世の中にはマイナスですよね」

「条件を厳しくしましょう。従事者は自分の意思で売春を営んでいるとする」

売る人がいて、買う人がいて、お互い納得している。困る人はいないのかな。

いや、困るのは、世の中、じゃないか。以前、援助交際の特集番組で、顔にモザイクのかかった女子高生がリポーターに「誰にも迷惑かけてないんだからほっといてよ」と毒づいていた。このセリフ、一見、反論しにくい。でも、「そんなヤツがいる世の中は嫌だ」という人にはやっぱり迷惑だ。嫌だと思う人がたくさんいるなら、売春は迷惑なのだ。

いや待てよ。売春反対が少数派ならOKなのか。それも違う気がする。

頭の中で堂々巡りが始まった頃、車が止まった。

「堤防に着きました。ちょいと散歩しましょう」

向こう岸から吹きわたってくる風に日差しと草の匂いが混じる。堤防沿いの遊歩道を行き交う人たちがバカデカいおじさんをちらちら見る。カイシュウ先生が「晴天の下、気持ち良く議論しましょう」と伸びをした。正直、話題が話題だけに、そんな気分にはなれない。でも、初夏らしい、本当に気持ちが良い陽気で、車内で話し込むよりマシなのは確かだった。

「サッチョウさん、考えはまとまりましたか」

「どうもうまくまとまらないんですけど……売春は役に立たないというか、世の中にマイナスだと思う。働く人やお客さんがOKでも、世の中にはやっぱり悪い影響を与えるから。ないほうが良い世界になるモノなら、ないほうがいい」

これ、何も言ってないよな、と自分で呆れていたら、カイシュウ先生が立ち止まって大きな拍手をしてくれた。

「素晴らしい。ビャッコさん、ご意見は」

「サッチョウさんに賛成します。どう考えたって悪いことだし、売春が役に立ってると思わなきゃいけないような世の中は、嫌です」

僕よりシンプルでいい答えだな。そう、嫌なんだよな、そんなの。

「これまた素晴らしい。嫌、という表現は感情論に聞こえる恐れ無きにしも非《あら》ずですが、社会はそれを許容すべきでないという価値観に基づく見解ですね」

カイシュウ先生は交互に僕らの顔を見ると、満面の笑みを浮かべた。

「エクセレント！　ワタクシの仕掛けたワナをかいくぐりましたね。ワタクシはずっと、売春は世の中の役に立つ、売春否定は安っぽい正義派の自己満足だと誘導しました。お二人はそれをはねのけた」

なんだ、ぐいぐい来てたのは、ワナだったのか。

「英語にデビルズ・アドボケイトという言葉があります。直訳すると悪魔の代弁者。討論や会議で使うテクニックです。本人の主義主張とは関係なく、誰かが徹底的に反対派を演じる。それに反論する過程で議論を深める仕掛けです」

姉貴と口ゲンカしているうちに屁理屈が磨かれるのとちょっと似てるな。

「さてネタバラシしたのはですね、このままビャッコさんに嫌われたままなのは勘弁願いたいからです。オトナでも代弁者役に本気で怒り出す困った人がいますから」

ビャッコさんは大きく目を見開くと、笑顔で手を差し出した。和解の握手か。

「ワタクシ如《ごと》きとはいえ、教師に異を唱えて踏ん張ったのですから、お見事でした」

「サッチョウさんのおかげです。順番に問題点を挙げてくれたから」

「ビャッコさんのおかげだよ。あんなに怒ってちゃ、売春賛成とか言えないって」

「あ、それ、蒸し返すんだ」

ビャッコさんのムッとした口調に、僕が「いや、あの」と慌てると、ビャッコさんが「うそ、うそ。たしかにわたし、冷静じゃなかった。まんまと騙《だま》されちゃった」と笑った。

カイシュウ先生の提案で、僕らは電車が川を渡る鉄橋の手前で腰をおろした。大きなクスノキが影を落とし、風が心地良い。

「では、サッチョウさんに追加問題です。バイシュンフは『ぬすむ』人ですか」

そう来るのか。僕はかなりの時間考えてから、「わかりません。役に立たないなら『ぬすむ』になりそうだけど……ちょっとモヤモヤします」と答えた。

「どのあたりがモヤモヤしますか」

「引っかかるのは売春はなくならないと言われたことです。それが本当なら、常にそんな仕事をやる人はいるわけで、それを単純に『ぬすむ』って言っていいのか迷う」

「なるほど。ワタクシなりに補足すると、売春が必要悪であり、バイシュンフが社会の中で誰かがやらされる汚れ仕事だとすれば、単純に『ぬすむ』と片づけるのは無責任じゃないか。こういうことですね」

カイシュウ先生の話は僕の腹にストンと落ちた。ビャッコさんはどうなのかな、と目を向けると、そこには硬い表情でうつむき、身を守るように固く膝を抱え込む姿があった。さっきの笑顔との落差に僕は動揺した。カイシュウ先生が僕にゆっくりうなずいた。目が、待ちましょう、と言っていた。

「カイシュウさんは、パチンコもそうだって、言うんですね」

長い沈黙の後、ビャッコさんが口を開いた。

パチンコ？　そんなの、どこから出てきたんだ？　カイシュウ先生を見ると、穏やかにほほ笑んでいる。

僕は頭を落ち着かせて順に考えてみた。パチンコも、売春同様、この世からなくなったほうが良さそうだ。でも、ギャンブルも、法律で禁止したってなくなりそうもない。うん、たしかに似てる。

そこまで思い至って、僕は猛烈に腹が立ってきた。これは、親の仕事で悩む女の子に、お前の父親はバイシュンフと同類だと言い放ったようなもんじゃないか。なのにニヤニヤ笑ってやがる。最低の野郎だ。僕はカイシュウ先生をにらみつけた。目が合うと、カイシュウ先生は首を静かに左右に振り、視線をビャッコさんに戻した。促されるように、僕もうつむくビャッコさんに目を移した。

しばらくして、ビャッコさんがゆっくり目を上げ、まっすぐカイシュウ先生に向き合った。

「続きが聞きたいです。わたしは、自分だけいい子になってお父さんを断罪していたんでしょうか」

それは僕の同情を跳ね返すような強い眼差しだった。僕の胸から怒りが消えて、入れ替わるように尊敬の気持ちが広がった。

「個別のケースに踏み込むのはここでは控えます。ワタクシにできるのは一般論として自分の意見を述べることだけです。それでもいいですか」

「はい」

二人の間に入り込めない。そんな思いが浮かんで、胸にチリリと痛みが走った。何だろう。それは、今まで感じたことがない感覚だった。

「善意と悪意、光と影があるのが浮世の常です。お酒をなくそう、売春をなくそう、ギャンブルをなくそう。歴史上、理想に燃える政治家や若者が行動した例はいくらもあります。でも、成功例は稀《まれ》です。皆無と言ってもいい。なぜなら、社会が闇を抱えたまま走るのは、人間の本性に根ざした不変の部分だからでしょう。では我々はどうすべきか。ワタクシはセカンドベストを目指すしかないと思います。次善の道です」

カイシュウ先生は眼鏡を外し、遠くに目をやった。

「たとえばこんなイメージです。普通の人たちが住む明るい街に、そこかしこに暗部が残っている。闇は点在するけど、すべての人々を吸い込んでしまうほどの引力はない。暗部には、そこで生きる人もいる。闇を覗《のぞ》きに行く人もいる。人々は暗部を黙認し、その担い手は責任を持ってある種の秩序を守る。未成年の売春のように、闇が光の世界に野放図にはみ出てくるのは許されない」

安全地帯と危険地帯の区別をしっかりつけようということか。

「ワタクシ好みの表現は玄人《くろうと》と素人《しろうと》というものです。山本夏彦さんというオジサンからの拝借です。この場合、玄人は裏稼業や芸能など尋常ならざる職業、素人は一般人を指します。もともと、黒い人、白い人が訛《なま》った言葉ですから、闇と光にピッタリ呼応するようにも思います。昔は玄人と素人の世界にはきっちりと壁があった。玄人の組織、ヤクザの組なり遊廓《ゆうかく》なりを通じてしか玄人になれなかった。裏稼業を営む人々には世間から外れているという自覚があった。バイシュンもギャンブルも本来は裏稼業、『向こう側』にいってしまった人たちが営む生業《なりわい》です。素人は、向こう側と接点を持っても、すぐ戻ってくる」

「戻れなくなっちゃったら、どうなるんですか」

「破滅します。水商売やギャンブルで身を滅《ほろ》ぼす例は古今東西いくらでもある。素人は玄人を一段下に見つつ、同時に畏《おそ》れる。下に見るのは、まともな商売じゃないからです。いくらもうけたって、それはダーティー・マネーです。そして素人が玄人を畏れるのは、彼らが人間の本性に根差す、破壊力のある生業に就いているからです」

破壊力、か。安易に手を出しちゃダメってことだな。

「裏稼業は社会を理想から遠ざける存在であり続ける。部分的にみれば有害です。しかし、表と裏、両面がなければ人の世は成り立たない。我々は、その負の部分をも引き受けなければならない。玄人はもちろんのこと、素人もです」

「わたしはそんなの嫌です。そんなこといつ誰が決めたんですか」

「サッチョウさん、誰が、いつ決めたんだと思いますか」

ふいに振られてグッと詰まった。それは、いつとも、誰とも、決められっこない。

「ずっと前から自然にそうなっていた、としか言えない気がします」

「大人が悪いと叫ばなかったのは偉い。我々はね、常に遅れてやってくるのですよ。生まれたときには出来上がった世界が回っている。誰もがそこに遅れて参加する」

今の大人も昔は赤ちゃんだったわけだから、その通りかもしれない。

「社会は玄人なしでは回らない。より害の少ない形は追求できても、根絶はできない。つまり玄人も人間社会に不可欠な部分を担っている。それを『ぬすむ』と断罪するのは無責任だし、傲慢《ごうまん》ではないか」

問いかけの形で、カイシュウ先生が少し間をおいた。

「これがワタクシの考えです。ひと言で表すなら、清濁《せいだく》併《あわ》せ呑《の》む、となりますかね。清い水も濁った水も共に飲む。善も悪も受け入れるのが大人の度量という意味です」

気がつくともう陽が傾いていた。僕は何を言ったらいいかわからずにいた。ビャッコさんはうつむいてじっと考え込んでいる。夕暮れの川辺には、重く、濃い空気が流れていた。

しばらくして、カイシュウ先生が立ち上がった。

「そろそろ引き揚げるとしましょう。送りますよ」

僕も立ち上がった。

「わたし、もうしばらくここにいます」

僕とカイシュウ先生の目が合った。

「わかりました。今日はここで解散とします」

僕も残ろうかなと迷ったそのとき、カイシュウ先生が「サッチョウさん、行きましょう」と僕の肩に手をかけた。一人にしてあげなさい、ということか。

車に向かう途中、振り返ったときも、ビャッコさんは視線をじっと足元の草むらに落としたままだった。

7時間目

戦争と軍人

あの日の後、何度かビャッコさんと廊下ですれ違ったけれど、どんな顔で話しかけたらいいかわからなかった。ビャッコさんも視線を避けている気配があった。

こんな気まずいのは嫌だな、今日のクラブで仕切り直そう、と気合いを入れて足を踏み入れた2年6組の教室には、バカデカいおじさんの姿しかなかった。

「残念なお知らせです。ビャッコさんは欠席すると担任から伝言がありました」

昼休みに見かけたから学校には来ていたはずだ。気合いを入れた分、ショックだった。もし、これからずっとこのおじさんとマンツーマンだったら嫌だな。嫌すぎる。

僕らはどちらからともなく校庭に目をやり、ため息をついた。

「我々だけで先に進むわけにはいかないので今日は足踏みします。オトコとオトコの話をしましょう。なんて言うと変な期待をするかもしれませんが、ソチラ方面ではありません」

「ドチラ方面ですか」

「戦争、です。我々は職業について議論してきました。ですからテーマは軍人です。サッチョウさん、軍人は『かせぐ』と『ぬすむ』、どちらだと思いますか」

「え？　兵隊さんが泥棒するってことですか」

「それじゃ、ただの犯罪者です。そうじゃなくて、普通に勤務している軍人さんです」

「いや、それは『ぬすむ』なわけないでしょ。だって消防士とか警察官と同じですよね。お金もうけはしていないけど、みんなのために仕事をしているんだから」

「では、軍人は役に立つと。さて、何の？」

「んー……あ、地震や津波のときの救助とか」

「さすがは専守防衛の自衛隊を擁《よう》する日本国民。たしかに災害救助は重要な仕事です。でも本業ではない。軍人の本業は何ですか」

「それは……戦争です」

「その通り。では、重ねて伺います。戦争は、善ですか、悪ですか」

そりゃ、悪でしょ、と即答しかけて、口をつぐんだ。じゃあ、その悪がお仕事の軍人も悪なのかといえば、そんなわけはない。これ、かなり難問だな。

「サッチョウさん、日本国憲法の施行は何年ですか」

何だよ急に。うーん。すぐには出てこない。

「1947年です。敗戦の翌年、46年11月3日に憲法が公布されて、その半年後の47

年5月3日に施行されました。流れが頭に入れば忘れっこないです。ご存じの通り、この憲法の第9条に戦争の永久放棄が明記されました。でも、憲法だけで戦争がなくなるわけがない。『イマジン』なんてカッコよく世界平和を歌っても、たった4人でケンカ別れしちゃうのが人類です」

「4人って、何のことですか」

「ビートルズ、ご存じないですか。『イマジン』という、全人類が願えば明日にも戦争はなくなると唱《とな》える夢想的な曲を作ったジョン・レノンがいたロックバンドです。現実には、憲法施行からわずか3年後の1950年、お隣の朝鮮半島で戦争が勃発《ぼっぱつ》すると、アメリカのあと押しで警察予備隊、後の自衛隊が作られた。専守防衛だろうが、軍隊は軍隊です。世界は物騒なんだから、丸腰ではいられない」

たしかに、いまだにお隣さんは、しょっちゅうミサイル飛ばしてるからなあ。

「戦闘行為だけが軍人の仕事なわけではありません。軍備を整えれば敵国が開戦に慎重になり、戦争が回避できる場合がある。核抑止力はその典型です。さはさりとて、軍人の究極の職務は戦争です。戦争は我々の尺度、そろばん勘定で言えば大いにマイナスです。戦争とそれを担う軍人。ともにこの世にないほうがいいに決まっている。でもなくせない。これを必要悪と呼ばずして何と呼ぶ」

出たな、必要悪。つまり、売春やギャンブルと戦争を並べるってことか。いや、でも、バイシュンフと軍人を並べるのは絶対おかしい。火事だってないほうがいいけど、なくならないから消防士がいるんだし、お父さんは体を張って危険な仕事をしている。軍人なんて、戦争になれば消防士よりずっと危ない目にあうはずだ。

「でも、軍人とバイシュンフを一緒くたにするのは、ひどくないですか」

「もちろんバイシュンフと国を守る人々を同列に扱うつもりはありません。軍人は職務に見合った報酬と敬意を得るべき立派な仕事です。でも、その役割が戦争である以上、突き詰めるとその本業はこの世界にとってマイナスなのです。戦争がない平時ですら、軍備にヒトとモノとカネが回ってしまうデメリットがあります」

理屈ではそうなるのか。でも、まだ納得いかない。

「悪い国を倒す戦争なら仕方がないというか、プラスのことだってありませんか。ひどい独裁者に国民が苦しめられている場合とか」

「そういうケースはありえるかもしれない。戦争がその後の経済成長につながった例もある。たとえばアメリカの独立戦争。イギリスの植民地のままだったら今のアメリカはなかったかもしれない。でも逆に、アメリカが主導したイラク戦争のように、独裁者打倒を旗印に不用意に他国に介入して混乱を招いただけのケースもあります」

例がアメリカばっかりだ。戦争、好きなんだな。

「個々の戦争には歴史と時代状況がへばりついている。正義の反対は別の正義、なんて言葉があります。評価は難しい。だから、あくまで普遍的な価値判断を議論しましょう。一般論として軍人や軍隊が必要悪かどうかを考える」

カイシュウ先生がここでひと息入れた。校庭からはいつもの通りサッカークラブのかけ声が聞こえる。雲が低く垂れこめる曇り空で、梅雨の気配が忍び寄ってきている。

僕は数分、それなりに一生懸命考えてみてから、ギブアップした。

「うまく考えがまとまりません。悪、という言葉が、嫌な感じがするんだけど」

カイシュウ先生が口元に笑みを浮かべた。

「その感覚は大切にしてください。サッチョウさんの年頃なら、ワタクシも同じように感じたことでしょう。でも、今はそうでもない。なぜならワタクシには、戦争抜きでやっていけない社会の一員としての当事者意識があるからです。悪という語感が嫌なのは、失礼だという感覚でしょう。相手を断罪して貶《おとし》めるような」

そう、自分を棚に上げて他人をけなす感じだ。

「それはそれで良いのです。あなた、まだ中学生なんだから。でも、いい大人になったら、そうはいかない。いつまでも戦争が絶えず、今日もどこかで誰かが銃を取り、別の誰かと撃ち合うという現実に対して一定の責任があるからです。直接、政治や軍事に携わっていなくても、です。この現実から目をそらしてはいけない」

僕はカイシュウ先生の迫力に圧倒されていた。

「だから、ワタクシが戦争と軍人を必要悪と呼ぶときには、痛みがあるのです。自分自身の手足が世界に害をなすものであると認める痛みが。子どもたちの世代に戦争のない世界を引き継げなかったという痛みが。なぜならワタクシも、その必要悪を抱え込んだ社会の担い手だからです。戦争も軍人も、人ごとではないのです」

子どもの僕には理解不能な感情だ。それに、大人が皆、こんなふうに考えるわけじゃないだろう。この先生、意外と立派な大人だな。

「一方、リアリストであるワタクシはこうも考える。戦争はなくならない。宇宙人でも攻め込んできて人類が団結するときがこないかぎり、人々は憎みあい、殺しあうでしょう。少なくともあと100年くらいは。人類はそれほど愚《おろ》かな存在です。歴史がそれを証明している」

身もフタも、救いもない話だ。

「悲観的だと思いますか。でも、そういう覚悟を固めておいたほうがいい。そういう前提で世界をとらえ、生きていくべきです。だとすれば、戦争や軍備、軍人は、我々の社会の背負う宿業なのです。なくそうと思ってもなくせない必要悪です。有事には命をかけて任務にあたる軍人は崇高《すうこう》な職業です。でも、その本領を発揮する出番はないほうがいい。究極的にはいないほうがいいのです」

少し間をおいて、カイシュウ先生が僕に問いかけた。

「彼らは、世の中の役に立っているのでしょうか」

教室が静まり返り、雨の音が耳に入ってきた。とうとう降ってきたか。

「オトコとオトコの話は、ここまでです」

少し中途半端でモヤモヤするけど、ここから先は「足踏み」を越えちゃうのだろう。

教室の出入り口をくぐりかけたカイシュウ先生が、振り返って言った。

「そうだ、サッチョウさん、ビャッコさんを口説いてみてください」

え。く、口説くって……。

カイシュウ先生が目をぐるりと回してため息をついた。

「クラブに復帰するよう、説得してくださいってことですよ。まことに僭越《せんえつ》ながら、
ソチラ方面で口説くのは、時期尚早《じきしょうそう》とお見受けします」

カイシュウ先生は巨体を翻《ひるがえ》し、今度こそ廊下の先に姿を消してしまった。

6月

放課後

似たもの親子　似てない親子

翌週の月曜日、お昼休みに廊下を歩いていたら、担任のニタポンが僕を手招きした。

「おい、サッチョウさん、江守先生から伝言。今週のクラブはお休みだそうだ」

ああ、またビャッコさんから欠席の連絡があったんだな。カイシュウ先生に「口説いてみて」と言われていたけど、僕はあれからビャッコさんと話す機会をみつけられないでいた。このまま、そろばん勘定クラブは自然消滅なのかな。


その翌日から僕は毎日、図書室に通った。でも、ビャッコさんには会えなかった。金曜日、今日も空振りだったら週末に「福島さんのお屋敷」に行ってみようかな、と考えながら扉をくぐると、ビャッコさんの後ろ姿が目に飛び込んできた。心臓がドキッと跳ねた。新刊コーナーを見るふりをして呼吸を整える。ビャッコさんは読書に夢中でこちらには気づいていない。僕は深呼吸してからビャッコさんの座る机に向かい、無言で隣に座った。

ビャッコさんがゆっくりとこちらを見た。僕は、視線を感じつつ、黙ってまっすぐ前を向いていた。ビャッコさんがプッとふき出した。

「サッチョウさん、変」

「口説く」という言葉が耳によみがえり、顔に血が上ってきた。まずい。矛先《ほこさき》を変えよう。僕は立って、「こっち来て」とビャッコさんを「郷土と学校の歴史」コーナーに誘った。

本棚から古い卒業アルバムを取り出して開く。そこには、ヒョロリとした眼鏡の少年の姿があった。若かりし日のカイシュウ先生だ。ビャッコさんの目は、「知ってた」と告げていた。ここまでは予想通り。僕は指先を1段目に座る別の男の子に移した。

その顔は、気味が悪いほど僕にソックリだった。ビャッコさんが驚いた顔で、まじまじと僕と写真を見比べて、「DNAって、すごい」と言った。はい、本人もビックリです。僕ももうちょっと背が伸びるのかな。前列に座ってるんだから、お父さんも小さいほうだったはずだ。

「サッチョウさんのお父さんも同級生だったんだ」

「世間は狭いよね。ん？　も？」

ビャッコさんは、「そう。も」と言いながらページをめくった。そして別のクラスの最後列の左端に立つ男子を指さした。

「これ、わたしのお父さん」

「え！」

驚かすつもりが逆にやられてしまった。そこにはとても中学生には見えない、いかつい少年が写っている。ＤＮＡって、アテにならないな。

「僕らのお父さんとカイシュウ先生、友だちだったかもね。今度、聞いてみよう」

「ダメ！」

速攻で否定されて驚いた。ビャッコさんも自分の口調の強さに自分で驚いている。

「ごめん、ダメ、なんて言う権利ないけど、もう少し待って。考えがあるから」

ビャッコさんの目にはただならぬ決意がこもっていた。

「わかった。ウチのお父さんにも内緒にしておく」

訳がわからなかったけど、迫力に押されて、僕はそう答えた。ビャッコさんが「ごめん。ありがと」と手を合わせて拝《おが》むような仕草をした。僕は「いいよ。別に」と答えながら、絶好の交換条件を思いついた。

「じゃ、代わりに一つ約束して。来週のクラブには絶対来るって」

ビャッコさんは、しばらく考えてから、にっこり笑い、すっと右手の小指を差し出した。僕も反射的に手を出した。

「指切りげんまん、嘘ついたらハリセンボンのーます。指切った！　じゃ、来週ね！」

ビャッコさんはクルリと背を向けると、図書室から出ていった。

僕は、小指をクネクネさせながら、もう一度古い卒業アルバムに視線を戻し、そこに映る少年のいかつい顔をまじまじと見返した。

8時間目

「フッー」が世界を豊かにする

5時間目の授業が終わり、僕は小走りでクラブの教室に急いだ。一番乗りで待ち構えるつもりだったのに、ビャッコさんはもういつもの席にいた。

「早い」

「そっちこそ」

僕たちは声を上げて笑った。

「わたしが休んでる間にどんな話した?」

「んー。オトコとオトコの話、かな」

「何それ。面白そう。どんな話か教えて」

「それは……うまく言えない」

「あ。なんか、ずるい」

「おお、お帰りなさい、ビャッコさん。サッチョウさんに口説き落とされましたか」

カイシュウ先生が現れるとビャッコさんは「すいませんでした」と頭を下げた。

「いや、許せません。サッチョウさんもワタクシも絶望感で夜も寝られない日々が続いたのですよ」

ビャッコさんがふき出した。僕はため息をついた。

「いない間にどんな話をしたか、サッチョウさんが意地悪して教えてくれないんです」

「せこい意趣返《いしゅがえ》しですね。まあひと言で言えば……そう、オトコとオトコの話、ですかね」

今度は僕がふき出した。

「それ、サッチョウさんとまったく同じセリフなんですけど」

ビャッコさんの口調が冷たい。カイシュウ先生が大笑いした。

「あとでサッチョウさんに聞いてください。同じ話を何度もするの苦手なんです。それより、張り切ってクラブを再開しましょう」

カイシュウ先生が笑顔で、パン、と一つ手を打った。僕らはノートを取り出した。

「我々はさまざまな職業を『かせぐ』と『ぬすむ』に分ける、あるいは世の中の役に立つ、立たないという物差しで評価しようと試みました。しかし、そんな線引きが簡単にできるほど世界は単純ではない。世の中には必要悪と言えるような職業も存在する。有害で役に立たないように見えても、人間の本性に根ざしていて、この世からなくせないような仕事がある。たとえばワタクシはバイシュンフが一例だと言いました。ビャッコさんからはギャンブル、具体的にはパチンコ屋もそうしたカテゴリーに入るのかという問題提起がありました。おさらいはここまで。さて、こうして見ると、どうも我々には武器が足りないのではないか、という気がしてきませんか」

たしかにこのところ、考えが堂々巡りになりがちな気はするな。

「そこで新兵器を投入します。と言っても新顔ではありません。ご存じの、『もらう』です。この補助線を加えて世界を切り分けてみたい」

かせぐ　→　とても役に立つ
もらう　→　フツー
ぬすむ　→　役に立たない

思わず「フツー？」と声が漏れた。

「はい。普通、です」

なんだろ唐突に。しかも、なぜカタカナなのか。僕らは目を合わせて首をかしげた。

「順に行きましょう。サッチョウさん、最近、公園に行きましたか」

僕は、また唐突だな、と思いながら「はい、おととい、サッカーやりに」と答えた。

「そのとき、自分のゴミは片づけましたか」

「そりゃ、まあ。ゴミ箱に捨てるか、持って帰るか、テキトーに」

「OK。ビャッコさんは？」

「2週間ぐらい前にクラスの校外活動があったので、そのときに」

「ゴミはどうしましたか」

「そのときの校外活動は公園の掃除だったんです。みんなでゴミ拾いしました」

話が見えず、混乱する僕らを尻目に、カイシュウ先生は妙に嬉しそうだ。

「エクセレント！　今の例ですと、ビャッコさんは『かせぐ』、サッチョウさんは『もらう』に相当する、というのがワタクシの考えです」

「公園を掃除するのが？」

カイシュウ先生が「察しが悪いですね」と眉をひそめた。

「比喩《ひゆ》ですよね。ということは、ゴミのポイ捨てが『ぬすむ』ですか」

「さすがビャッコさん。そして公園が世の中です」

「だとすると、公園に行くとか帰るのは、どういう意味になるのかな」

「公園に行く、が生まれる。帰る、が死ぬですね」

いきなり人生終わっちゃったよ。公園を行き帰りしただけで。

「生きてる間に公園を綺麗にするのが『かせぐ』、汚すのが『ぬすむ』ってことですか」

「かみ合ってきましたね、サッチョウさん。では『もらう』はどうでしょう」

「人の分まで片づけなくてもいいから、自分のゴミの始末ぐらいやろう、とか」

「そうそう。その線で、さらにフツーのハードルを下げたい。自分のゴミぐらい片づけるつもりで公園には来る。でも、完璧でなくてもいい。できる範囲でかまわない。調子が悪かったら、いっそお掃除は他の人にまかせちゃう。それでもOK」

「それが『もらう』で、フツーってことですよね」

「そうです。足りない分は『かせぐ』人たちにカバーしてもらうわけです」

それでいいのか。ポイ捨てが多ければ、「もらう」人たちの甘えでゴミだらけになりそうだ。

「より議論をクリアにするため、そろばん勘定クラブらしく、考える軸をお金に限定しましょう。そのために、もう一つ、新兵器にご登場願います」

国内総生産＝GROSS DOMESTIC PRODUCTS

「いわゆるGDPです。サッチョウさん、意味はわかりますか」

「何となく。ある国の中で作られたモノを全部合わせると、これだけ、みたいな」

「ほぼ正解。モノだけじゃなくてサービスも含まれます。電車やバス、ホテル、宅配便などなど。誰かがお金を払ってモノやサービスを買うとGDPになる。GDPは通常、3カ月単位で調べて景気が良いか悪いか点検しています。年1回、より正確なGDPも計算しています。これは国の経済の実力を把握するのが目的です」

けっこうマメに調べてるんだな。ニュースでちょいちょい見かけるわけだ。

「人々がモノやサービスを前よりたくさん生み出せば、GDPは増えます。これが経済成長です」

へえ。経済成長って、そんな単純なことだったのか。

「ウチの向かいのラーメン屋が去年より10杯余計に売れれば、GDPが増えるんですか」

「理屈の上では増えます。そうした積み上げが経済です。麵も積もればGDPです」

ラーメンは、GDPだったのか。

「さて、GDPはこう分解できます」

GDP＝一人当たりGDP×総人口

「サッチョウさん、この式から言えば、GDPはどうやったら増えますか」

「一人ひとりが作るモノやサービスを増やすか、人口が増える」

「その通り。一人ひとりが生み出す富が増えるか、人口が増えれば、世界は豊かになる。だから、人間、フツーで十分なんです」

ビャッコさんもキョトンとしている。

「飛躍しすぎじゃないか。ちょっと話が飛びすぎじゃないか。なぜ、そんな無茶をしたのか」

キーンコーンカーンコーン。スピーカーから終業の鐘が流れた。

「ただの時間切れでした。では、宿題です。『かせぐ』『もらう』『ぬすむ』と公園の例え話、そしてGDPを結びつけてきてください」

教室から出る間際、カイシュウ先生は「宿題、二人で相談してみてはいかがですかね」と言い残していった。

いつものように黒板を消し終わると、ビャッコさんが、「先週の話、教えて」と言った。僕らは、それから1時間ぐらい、軍人と戦争と必要悪について話をした。そして次のクラブまでに宿題の作戦会議を開くことを決めた。

放課後

ＧＤＰとフツーの微妙な関係

「お砂糖、いくつにする？」

テーブルの向こうで、鮮《あざ》やかな藍色《あいいろ》のワンピースを身にまとった美女がほほ笑む。

「えと、じゃ、僕も同じので」

「あ、ロシアンティー、好きなんだ。オトヒメさまとおそろいね」

僕はふき出す5ミリ手前でなんとか踏みとどまった。ビャッコさんが「それ、やめて」と口をとがらせた。お母さんが「これは失礼。オーちゃん、ならいいわよね。さ、召し上がれ」と紅茶を差し出す。

うーん。やはりＤＮＡは偉大だ。女優さん並みのオーラに妙に緊張してしまう。

「オーちゃんのお友だち、久しぶりね。木戸くん、これからも顔見せてね」

「それ、お見送り用のセリフだから」とビャッコさんが突っ込んだ。

ようやく豪華な黒革張りのソファにお尻が落ち着いてきて、僕はあらためて部屋を見回した。広い。応接間ってことらしいけど、うちのリビングの軽く3倍はある。床から高い天井まではめ殺しになったガラスから、キチンと刈り込まれた芝生と色とりどりのアジサイの咲く庭が見渡せる。

「で、今日は宿題するのよね、二人で」

「はい。そろばん勘定クラブの宿題です」

「そろばん？　あの、パチパチやる、そろばん？」

「その、そろばん、ですけど、パチパチはやりません」

「あら、どうゆうこと？」

ビャッコさんがカチャン、と音を立ててカップを置いた。そして「もうお部屋行こ」と早口で言うと、すっと立ち上がり、奥のドアに歩いていってしまった。お母さんが目をグルグル回して僕に「あちゃー」という表情を作ってみせた。

「はいはい。木戸くん、ごゆっくりね」


部屋に入ると、僕はすすめられた大きめのベージュのクッションに座り、ビャッコさんは茶色の特大のビーズクッションに身を沈めて膝の上でノートを広げた。あまりモノを置かない主義のようで、真っ白な壁も手伝って部屋はガランと広く感じる。

「サッチョウさん、あれから何か考えた？」

「ちょっとだけね。カイシュウ先生が言ってたのは、『かせぐ』人と、そこまででもないけどフツーの人が増えれば、なんだかんだで世の中は豊かになるってことだよね」

「うん。それで思ったんだけど、これ、テストの平均点に似てない？　たとえば、数学の平均点が70点のクラスに軽く１００点取っちゃう転校生が来れば、平均点上がるよね」

「クラス全体の合計点がＧＤＰで、その転校生は『かせぐ』人ってことか。じゃ、『もらう』ってのは、どうなるのかな」

「平均点か、それよりちょっと低い点を取る人って感じ」

「なるほど。平均点がみんなの幸せ度みたいなものって考えれば、転校生にはなるべく幸せ度が下がらないようにがんばってもらいたいよね」

「うん。平均点をすごく下げちゃう人は『ぬすむ』になっちゃう」

あれ。何か、ひっかかるぞ。

僕は少し考えて「でも、もとからいる人でも平均点以下の人はけっこういるはずか」と言った。30人のクラスで平均70点なら、10人かそこらは平均点以下だろう。

「平均点ぐらいでやっとフツーってのは、ちょっと厳しすぎるかも」

ビャッコさんが「そっか。そうすると、どれぐらいの点数がフツーのうちに入るのか決めなきゃ、か。赤点取ったらアウト、とか」と言った。

これ、また線引きの問題に戻ったな。

手詰まり感が漂いかけたところで、「コンコン」とドアが鳴った。ビャッコさんがため息交じりで「どうぞ」と応えると、お盆を持ったお母さんが満面の笑みで入ってきた。

「そろそろ糖分を補給しないと、脳みそが働かないでしょ」

お盆にはオレンジジュースとフルーツケーキがのっていた。「ありがとうございます」と頭を下げた僕に、お母さんは「いえいえ」と応じながら、ちょうど3人が正三角形に並ぶ位置にちょこんと正座した。しばしの沈黙。ビャッコさんがまたため息をついた。

「ママ、おやつ、ありがと。でも、ちょっと外していただけませんか」

「あら、ケチね。ちょっとだけまぜてよ。ね、いいでしょ、木戸くん」

これは、僕の乏しい人生経験ではさばききれない二択問題だ。

「宿題だから、自分たちでやらなきゃいけないの」

「また堅いこと言って。バレやしないって。ね、木戸くん」

僕に意見を求めないでください。ビャッコさんが根負けしたようにケーキに手を伸ばした。

「ほんと、そろばんはパチパチしてないのね。何してるの」

僕はチラリとビャッコさんを見た。我、関せず、といったご様子だ。

「えー、そろばん勘定クラブは、お金のことをいろいろ考えるクラブです。で、今やっている宿題のテーマは……ＧＤＰとフツー、です」

「ＧＤＰって、あのＧＤＰ？　新聞とかに載ってる？　で、それと、フツー？」

「もう少し説明すると、先生が、フツーの人が社会に参加することが世の中が豊かになる、ＧＤＰが増えるのに大事だと言っていて……なぜそうなのか考えるのが宿題です」

「ふーん。あんまり面白そうじゃないわね」

僕が「いえ、そうでもないです。わりと面白いです」と答えると、お母さんは驚いて「オーちゃんも面白いの？」と聞いた。ビャッコさんが肩をすくめた。

「ただ、ちょっと今は行き詰まってまして」

「どこで？」と聞かれたが、どこで行き詰まってるかすら、はっきりしないな。

「フツーってのをテストで言うと平均点ぐらいを取る人って考えてみたんですけど、それだとフツー以下の人だらけになっちゃうから、もうちょっとフツーの基準を緩《ゆる》くしたいなって。けど、それがどれぐらいかはっきりしなくて……」

お母さんは少し考えて、「面白いかもね、やっぱり。変なクラブだけど」と言った後、「そういうことなら、人それぞれ、じゃないかしら、稼ぎというか結果は。これ以下は失格、とか息苦しいわよねえ」と付け加えた。そして居住まいをただすと、「さて、そろそろ年寄りは退散しまして、あとは若い人だけで……」と僕にほほ笑みかけ、風のように去っていった。

あっけにとられていると、ビャッコさんが「ごめんね、変な親で」とため息を漏らした。

「面白いお母さんだね」

「今日はちょっと調子乗りすぎ」

僕は氷の溶けかけたジュースをひと口飲んで、「でも、いいヒントもらった。人それぞれっていうの。平均点で何点まで、とか、そういうのじゃなくて、フツーかどうかは人それぞれ違っててていいのかなって。ちょっといい加減すぎるかな」

ビャッコさんはケーキを手で割りながら、「でも、それが、いい加減、かも」と笑った。

9時間目

キーワードは「持ち場を守る」

「では、作戦会議の成果を伺いましょう。ビャッコさん、結論からお願いします」

梅雨の重い空気をモノともせず、カイシュウ先生が快活に切り出した。

「はい。フツーであることとGDPの関係ははっきりしない、というのがわたしたちの結論です。『かせぐ』人がGDPを増やして、『ぬすむ』人が減らすのははっきりしています。でも、『もらう』人についてはうまく位置づけることができませんでした」

「なるほど。では、サッチョウさん、その結論に至った過程をお聞かせください」

「僕らは最初、テストの平均点と一人当たりGDPが似ているという線で話し合いました。でも、平均点でやっとフツーだと、クラスにフツー以下の人、『ぬすむ』になっちゃう人がけっこういることになる。それはちょっと厳しすぎるなと。結局、がんばったなら結果は人それぞれでいいのでは、ということになりました」

視線を送ると、ビャッコさんが軽くうなずいた。

「なるほど、なるほど。では、人それぞれ、という見方は世の中が豊かになる、経済が成長するというテーマにどう影響しますか」

影響、か。カイシュウ先生は窓際にフラリと寄り、グラウンドに目をやった。ご指名もないし、二人ともじっくり自分で考えてみよ、というわけだな。

数分後、ビャッコさんの手が上がった。カイシュウ先生が手振りで発言を促した。

「人それぞれというのは、やれる範囲で自分の仕事をきちんとやるという意味です。みんながサボらないで、ちゃんとやれば、『かせぐ』人と『もらう』人が協力して『ぬすむ』人の穴を埋めて、世の中が豊かになるのだと思います」

おお。まとまっている。大きな手の大きな拍手が響き、僕もあわせて手を打った。

「いいですね。お二人の今の一連のまとめは。結論から入って論拠を示し、その影響を考察するという、すっきりとした意見発表のパターンに沿っています」

なるほど。というか、そのパターンにハマる順番で質問したんだな。

「人それぞれ。いい言葉です。ですが、あくまでサボっちゃダメな、人それぞれ、であるべきです。そこで、こんなフレーズはいかがでしょうか」

持ち場を守る

「自分に与えられた役割を、責任を持って果たす。裏返せば、やることとやらないヤツはダメ、と。人それぞれ。うん、とてもテキトーで素晴らしい。テキトーで良い、とワタクシが思うのはですね、ぶっちゃけると、これはしょせんカネの話でしかないわけです」

ずいぶんとぶっちゃけたな、このおじさん。

「と、我らがそろばん勘定クラブの存在意義を全否定するかのようなことを言いましたが、稼ぐカネの多寡《たか》で人間の存在意義を測るなんて馬鹿げた話です。人間に対する冒瀆《ぼうとく》です。GDPが増えるか減るかで人を切っちゃいけない。そんなこととフツーであることとは関係ありません。だから、稼ぎがいくら以上ならフツーなんて基準は、ありません」

それはずいぶんスッキリするけど、それでいいのかな。

「でも、GDPにマイナスな人までフツーに入れると、『ぬすむ』との違いがわからなくなる気がするんだけど」

カイシュウ先生は「そうでしょうか」と涼しい顔だ。

「お二人、親の財布からお金をくすねたことありますか」

「は？　いやいや、ないですよ、そんなこと」

なんだ、やぶから棒に。ビャッコさんもそんなバカな、と首を振った。

「ワタクシはあります。12歳のときに父の財布から１０００円札を1枚くすねました。

この話はくれぐれも内密に。バレたら殺されます」

「そんなに怖いんですか、お父さん」

「いえ、恐ろしいのは母です。だから父の財布を狙ったんですけどね」

なんのこっちゃ。

「さてサッチョウさん、親からお小遣いはもらってますね」

今度はうなずいた。ビャッコさんも聞かれる前に「はい」と答えた。

「では、こんな思考実験をしましょう。サッチョウさんがお母さんの財布から無断でお小遣いと同額のお金を拝借する。そしてたまたまその月にお母さんがサッチョウさんにお小遣いを渡すのを忘れる。お母さんの懐《ふところ》具合に実害はない」

「いやいやいやいや、勝手に持っていっちゃダメでしょ」

「なるほど。では、普通のお小遣いと勝手に抜き取ることの違いは何ですか」

実害はないってことだし、あらためて聞かれると困るな。

「あげるつもりの人からお金を受け取るのが『もらう』で、勝手に取っちゃうのが『ぬすむ』。そういうことですか」

「さすがビャッコさん。そうです。両者の本質的な違いは経済にプラスかマイナスかといった物差しではなく、合意の有無です。そして、世の中は『かせぐ』人、『もらう』人、『ぬすむ』人に大別できるというのがワタクシの考えです。世界の富を増やす『かせぐ』は非常にパワフルな営みです。『もらう』と『ぬすむ』にあてがう分の富を稼ぎ出すわけですから。そして『もらう』の中には、GDPにそれなりにプラスの人と、もらうだけの人が含まれる。ワタクシはここまでを全部、フツー以上の人と考えます」

「じゃ、僕らもフツー、ですか」

「です。逆にお聞きしますけど、フツーじゃなければ何者のおつもりですか」

そりゃ普通の中学生だし、フツーなんだろうな。でも、ハードルが低すぎるような。

「ビャッコさん、何か言いたげですね」

「フツーに入れてもらったのは嬉しいけど、ちょっと甘いというか……もらうだけっていうのまでフツーに入れると、サボってもいい、みたいに聞こえます」

「そうでしょうか。サッチョウさんも同意見ですか」

「はい、だいたい」

「なるほど。では言わせてもらいましょう。ワタクシに言わせれば、フツー最高、フツーなめんな、ってところです」

ずいぶん挑戦的だな。

「では、宿題として一つずつキーワードを示します。次回までにそれぞれワタクシの意見とキーワードを結びつけて考えをまとめてきてください」

サッチョウさん　生活保護
ビャッコさん　　障害者

カイシュウ先生が「では、また来週」と出ていった。僕らはじっと板書を見てから、どちらともなく黒板消しをふるい出した。

放課後

健康で文化的な最低限度の家族団らん

「ほんっと、最低」

お母さんがポテチを口に運びながらテレビに向かってつぶやいた。姉貴が「コイツしゃべりもつまんない。最低」と続く。ポテチに手を伸ばしながら。画面には「生活保護でマンション！」とテロップが出ている。売れっ子お笑い芸人のお母さんが生活保護を長年受け続け、お金をためてマンションを買った、という話らしい。

「ウチだってあんな高級マンション、夢のまた夢だってのに」

「こんなんばっかり。最近、面白い芸人でも見てて白ける」

いや、昨日、テレビ見てバカ笑いした拍子にオナラまでしたのはどこのどいつだ。

番組は生活保護の仕組み、不正受給の実態と進む。実際に生活保護を受けているおじさんが登場し、お金を受け取ると朝からカップ酒を飲み、パチンコ屋の行列に並ぶ。

「生活保護って、なんであるんだっけ？」

「そりゃ、貧乏な人が飢え死にしないように、じゃないの」

「でも、飢え死にしそうもない人が、いっぱいもらってるじゃん」

「だから不正受給なんじゃない」

ここで姉貴が「憲法で決まってんのよ」と割って入った。

「日本国憲法。ていうか、今、テレビで解説してたじゃん。憲法の25条だかで困った人は助けなきゃいけないって決まってるんだって」

僕はソファに転がるiPadに手を伸ばして検索した。

日本国憲法第25条　すべて国民は、健康で文化的な最低限度の生活を営む権利を有する。

健康で文化的、か。飢え死にしなけりゃいいってことではないな。

生活保護のもとは税金だろうから、税金をたくさん払ってる人が「かせぐ」。生活保護を受ける人は「もらう」。不正受給が「ぬすむ」。大まかにいえば、こんなもんか。

ビャッコさんのほうのテーマは障害者だった。働けないような障害があれば、それは国とか政府とか、みんなで助けてあげるべきだ。生活保護を含めて、そういう人たちを「フツーじゃない」と切り捨てるのはおかしいとカイシュウ先生は言いたいのだろう。ビャッコさんも今頃、同じようなことを考えているのかな。

10時間目

資本主義・社会主義・民主主義

「なるほど。サッチョウさんのご意見はよくわかりました。不正受給が『ぬすむ』だと気づいたのは不届きな芸人のおかげですね。立派な教師は絶滅危惧種です。反面教師から大いに学んでください」

一応、自ら教壇《きょうだん》に立つ身で、その開き直りは、いかがなものか。

「次はビャッコさん、どうぞ」

「サッチョウさんの言う通り、働けない人を国が助ける仕組みは必要だと思います。重い障害のある人なら、それは普通のあり方だから、フツーに入れるのは賛成です。……なんですが、わたし、ちょっとだけ、納得がいかないところがあります」

「ほほう。どんな点が」

「カイシュウさんは『もらう』と『ぬすむ』の違いは合意の有無と言ったけど、いつみんなが今の仕組みに合意したんですか。少なくともわたしはそんな覚えはありません」

意外な指摘に僕は驚いた。

「面白い観点ですね。お二人に考えてもらったテーマは『福祉』という言葉に集約できます。その歴史を振り返って、ビャッコさんの疑問への答えを探ってみましょう」

僕らはノートを開いた。

「福祉は近代国家の下で発達した比較的新しい制度です。年金や医療保険、そして生活保護などが代表例ですね。福祉国家が成立するまでは、困ったら家族、王様、宗教団体などに頼るしかなかった。たとえばイスラム教では貧者への施《ほどこ》しは信者の義務です。今でも西洋では教会がホームレスに食事を与えたりするし、日本でもお寺が炊き出しなんかで貧者や病人を受け入れました」

「どうして、国が代わりにやるようになったんですか」

「要因は二つあります。まず人類が豊かになったこと。特に食糧生産の爆発的な増加は福祉国家の大きな原動力になりました。マルサスという昔の学者さんは、土地には限りがあって収穫できる食糧には限界がある、ゆえに地球上で養える人口にも限界があるという学説を唱えました。でも、今や食べ物は余っちゃうぐらいの飽食の時代です。アフリカなどの飢餓《きが》は失政や内戦の影響が大きい別の問題です」

日本なんて、食べ残した物、バンバン捨ててるもんな。

「食糧生産の効率が上がり、余った人手が農村から都市に移りました。ここにいわゆる産業革命が加わって経済成長が加速した。科学の発展で医療も発達した。その結果、人間の寿命が延びてお年寄りが増え、年金のような仕組みが必要になった。全部ひっくるめてひと言で言えば、世界が豊かになって、人助けの余裕が生まれたわけです」

余裕がないと人助けはできないよな。

「福祉国家が発達したもう一つの要因は冷戦です」

「冷戦って、第二次大戦のあとの、アレですか」

「そうです。アメリカを盟主《めいしゅ》とする自由主義陣営の『西側』と、ソ連率いる社会主義陣営の『東側』が、半世紀近くも覇権を競い合った。お二人にとっては歴史の教科書の中の出来事でしょうが、ワタクシの世代にとっては冷戦は世界を支配する強烈な縛りでした。政治や経済だけでなく、小説や映画などもベースに冷戦構造があった。子どもの頃は自分はいつかアメリカとソ連の核戦争で死ぬんだと思っていました」

正直、全然ピンとこない。ビャッコさんが「それと福祉がどう関係するんですか」と聞いた。そう、意外なつながりだよな。

「順に説明します。まず自由主義経済の心臓は以前に話した『市場』であり、その根本原理は競争です。企業や個人が競い合うことで新しい富を生むシステムです。対する社会主義は市場と競争を敵視する。経済の仕組みからできるだけ市場原理を排除するのです。モノの生産量は国が決めて、モノの値段も公定価格。賃金も国が決める」

「ずいぶん面倒臭そうだけど、何でそんなことするんですか」

「貧富の差を生まないために、です。みんな平等に働いて平等に分けあえば、強欲な資本家や貧困にあえぐ労働者は生まれないはずでした。しかし、そううまくはいかなかった。ソ連は共産党独裁下で社会主義を70年も続け、最後は崩壊しました。失敗した第一の理由は準備不足です。ロシアは農業国から一足飛《いっそくと》びに社会主義に移行した。本来、社会主義は資本主義が行き着くところまで発展してから登場すべきなのに、途中をすっ飛ばしてしまった。第二の理由は指導者の暴走と官僚の腐敗《ふはい》です。ソ連には第二次大戦を挟んで30年間、スターリンという独裁者が君臨しました。彼は反対勢力を抹殺《まっさつ》し続ける恐怖政治で数百万人とも数千万人とも言われる人たちを虐殺《ぎゃくさつ》した。スターリンの死後も、歴代の指導者や高級官僚たちは国民の幸福そっちのけで特権を貪《むさぼ》り続けました」

「あの、それ、聞いたかぎりでは全然、社会主義っぽくないですけど」

「ビャッコさんのおっしゃる通り。だからソ連の崩壊は社会主義の敗北ではないという意見もあります。しかしワタクシはいかにも社会主義らしい失敗だと思います。資本主義は富の分配を市場に委ねる。それに対して社会主義は分配を個人や特定の集団に任せる。政治家やお役人が清廉潔白《せいれんけっぱく》ならハッピーでしょうが、まずそんなことはない。権限が集中すれば必ず腐敗が生じる。人間なんてそんなもんです」

そんなもんですか。

「失敗の第三の理由は冷戦のコストです。社会主義は本来、世界同時革命を目指す運動でした。1848年に出版されたマルクスの『共産党宣言』の名高い結びの言葉は、『万国の労働者よ、団結せよ』です。世界全体を一気にひっくり返せば、全員が労働者になって敵は消えるわけです」

なるほど。なんか屁理屈っぽいけど。

「現実には第二次大戦後、社会主義陣営はいわゆる『鉄のカーテン』を挟んで自由主義陣営と対立した。核兵器などの果てしない軍備拡大競争は経済に大きな負担をかけました。冷戦終結後に明らかになったデータによると、ソ連はピーク時にGDPの3割前後を軍事関連につぎ込んでいました。西側諸国は数%でしたから、これは狂気の沙汰です。最後にはソ連の経済はボロボロになった」

カイシュウ先生が間をおいた。ここまではなんとかわかった。

「次に自由主義側のストーリーに目を向けましょう。福祉とフツーという我々のテーマからすると、こっちが本筋です。冷戦期は東西両陣営とも人と情報の行き来が厳しく制限されていました。特に東側から西側に抜け出るのは至難《しなん》の業《わざ》で、『鉄のカーテン』の向こう側は闇の中だった。だから、当時は東西両陣営とも、常に相手に負けるかもしれないという恐怖にとらわれていた。西側が恐れたのは革命です。アメリカでは戦前戦後を通じて共産主義が弾圧されました」

革命か。ちょっと言葉の響きがかっこいいよな。

「この革命への恐怖心が福祉の拡充を促したのです。社会主義は労働者の天国で、医療も教育もタダ。非人間的な資本主義とは大違いだと言われている。西側でも理想主義的な学者や若者の多くが社会主義になびきました。そうした流れに、いやいや我々も捨てたモノじゃない、ちゃんと福祉も充実しますよ、と対抗する必要があった。政治家が選挙で勝つためのバラマキに福祉政策を利用した面もあります。これが福祉が充実した背景です」

なるほど。困った人を助けようという善意だけじゃなかったわけだ。

「まとめると、まず人助けをする余裕が社会に生まれた。その上で、革命の防止や社会秩序の保持という圧力を背景に福祉国家は発達した。そこには歴史的な必然性があったわけで、一朝一夕《いっちょういっせき》に今のような姿になったわけではありません」

話は一段落したようだ。僕らはしばらく、頭の中が落ち着いていくのを待った。

「さて、ビャッコさんの疑問に戻りましょう。『もらう』と『ぬすむ』の違いは合意の有無だ。だが、肝心の合意した覚えがビャッコさんにはない、と。ワタクシの答えは、人間はいつも遅れてやってくる、というフレーズの繰り返しです。人間はすでにある社会に生まれ落ち、それを受け入れるところからしかスタートできない」

ビャッコさんが「そういうもんだから、しょうがないってことですか」と聞いた。

「遅れてきたメンバーはひとまず合意済みとみなす。ひとまず、というのがミソです。不満ならルールを変えればいい。それが民主主義です。お二人とも、本当に困っている人を助けることに反対なわけじゃないでしょう。問題があるとすれば、福祉にたかる生活保護の不正受給者みたいな例にどう対応するか、です」

あの、朝からパチンコおじさんや例の芸人の親子か。たしかにあれは許せん。

ビャッコさんが「インチキできないように生活保護をもらう人を厳しく選んだらどうですか」と言った。

「それも一法でしょうが、ワタクシは反対です。福祉を受ける人は社会的弱者です。本当に困っている人とインチキする気満々のズルい人、要領がいいのは後者です。入り口を厳しくすると、ズルい人はルールをかいくぐって、弱者がはじかれる恐れが高まります」

「じゃ、どうしたらいいのかな」

「入り口ではなく、ひとまず受け入れてから目を光らせる、というのがワタクシの案です。暴力団絡みや、受給目的の集団渡航などの組織的な不正受給の取り締まりを徹底して、厳罰化する。個人レベルの少々の不正受給は放っておく。そもそも、それはたいした人数じゃないのです。そういうナマケモノは置き去りにして、企業や人々の

『かせぐ』をあと押しして、富の増大に力を注ぐ」

置き去りにして、か。それはそれで、かっこいいな。

「今日はここまでとしましょう。次回は社会見学に行きます。クラブの開始時間に帰り支度をして北門に集合してください」

カイシュウ先生が教室を去り、僕らが黒板を消しているうちに終業のチャイムが鳴った。外出か。来週はロシアンティーにありつけるかな。

7月

11時間目

働くということ

ベンツは県境の工場や倉庫が集まるあたりで高速を降り、ある工場のだだっ広い駐車場に滑り込んだ。梅雨が明け、冷房のきいた車内から外に出ると、むわっとした熱気に包まれた。今年の夏も暑くなりそうだ。

やたら天井の高い1階建ての建物の玄関をくぐると、受付の脇からおじさんが歩み寄ってきた。

「おー、来たな」

カイシュウ先生より頭一つくらいしか小さくないから、かなり大柄な人だ。

「悪いね、無理言って」

「水くさいこと言うなよ。お安い御用さ」

「こんにちは」とビャッコさんが挨拶《あいさつ》した。僕もあわてて「こんにちは」と言った。

「はい、こんにちは。藤井と言います。はるばる、ようこそ」

「元同級生のよしみで見学をお願いしました。お二人にとっては先輩ですね」

「さ、どうぞ、どうぞ」と歩き出した藤井さんについていく。歩きながら渡されたビニールの帽子とマスクを身につけた。

「ここが仕分け場。ちょっとうるさいよ」

鉄の扉を開けたとたん、大きな機械の作動音が僕らを包んだ。通路の左右のベルトコンベアがお皿のようなモノを運んでいる。白いのが多く、色のついたものもある。しばらく歩くと、ゴミ袋が大量に集まった場所に出た。袋の山の脇に10人弱の人がいて、みんな帽子とマスクをしている。藤井さんが、「ここでリサイクルされた材料を仕分けします。ゴミや混ざり物を選《よ》り分けたりもします」と大きな声で言った。

僕らは顔を見合わせた。僕は藤井さんに「ここは何の工場ですか？」と大声で聞いた。藤井さんがキョトンとした顔を向けると、カイシュウ先生が肩をすくめた。あきれ顔の藤井さんは「作業を見せてもらったら場所を移そう」と叫ぶと、リーダーっぽいおばさんの肩を叩いた。おばさんが耳栓《みみせん》をとって二つ三つうなずき、腕時計を指さした。藤井さんがうなずき返す。

それから5分ほど見学タイムとなった。それは、機械的というか、はっきり言えば退屈な作業だった。袋からプラスチックの皿を出して色付きと色なしに分け、ベルトコンベアに載せる。混じっているゴミはつまみ出す。これが延々と続く。僕はすぐに退屈してきたが、作業している人たちはものすごく集中している。働くって大変だ。

藤井さんが目で合図して、僕らはもと来た通路を戻った。ドアをくぐった途端に音が消え、かえって耳がツンとした。

「お前さ、ウチが何やってるかくらい先に話しておけよ」

「いや、先入観なしのほうが面白いかなって」

藤井さんは首を左右に振ってから、気を取り直して僕らにニッコリ笑った。

「この先に休憩所があるから、ジュースでも飲もうか」

コップがカポっと出てくる自販機で、僕らはジュース、大人はコーヒーを買って、青いプラスチックのベンチに腰掛けた。

「どうだったかな、さっきの仕分け作業は」

「……すごくうるさかった」と僕。「……アレを一日中やるのは大変そう」とビャッコさん。藤井さんが笑顔でうなずいた。

「何をやってたかはわかるよね。ウチは食品トレーを作る会社です。スーパーでお肉やお惣菜《そうざい》なんかを乗せるアレね。あの作業はリサイクルできる材料を選り分ける大事な工程で、あのチームは休憩や交代をはさんで一日に6時間ほどあの作業をやるんだ」

あの単純作業を6時間！　働くって、ホントに大変だ。

「機械じゃできないんですか」

「できなくはないだろうけど、採算が合わないかな。人間のほうが正確だしね」

「さて、ここで問題です。この工場にはある特徴があります。何でしょうか」

何だろう。普通すぎるぐらい普通の工場にしか見えないけど。

「ヒントなしではきついから、3つまで質問ありにしましょう」

僕らは背を向けてヒソヒソ話を始めた。

「何だろ。ここ、たぶん、すっごい普通の工場だよね」

「だと思う。作ってるものも、機械とかも」

しばらくしてビャッコさんが「これ、クラブと関係ある問題のはずだよね」と言った。

「あ、そうか。じゃ、特徴は、仕事というか、働いている人と関係があるっぽいね」

僕が「それは働いている人と関係がありますか」と最初の質問をすると、藤井さんが「よくわかったな」と驚いた。カイシュウ先生は鼻高々なご様子だ。

「よし、まずはいい感じ。さすがビャッコさん」

「でも、こっから全然わかんない」

「うーん。働いてるの、普通のおばさんと普通のおじさんばっかりだったよね」

僕らはまた考え込んだ。普通だけど、どこか特別なところがあるはずだ。

「ビャッコさん、これ、最近の宿題とも関係あるんじゃないかな」

「そっか。生活保護と障害者とフツー、だったよね」

「工場で働いてるんだから、生活保護は関係ないでしょ」

　今度はビャッコさんが「それは障害者と関係ありますか」と質問した。藤井さんがびっくりして「おい本当に何も話してないのか？」とカイシュウ先生に聞いた。デカいおじさんは、ますます鼻高々なご様子で、「次がラストの質問です。その後、ズビッと当ててください」と言った。

　僕らはまた作戦会議に戻った。

「普通に考えたら、さっきの人たちが障害者ってことだよね。でもパッと見じゃわかんないし……耳が聞こえないとか、そういう障害かな」

「違うと思う。みんな耳栓してた」

　よく見てるな、ビャッコさん。

「じゃ、しゃべれない人ってことなら辻褄《つじつま》が合うかな」

「そうかも」

　僕が「働いているのはしゃべれない障害のある人ですか」と最後の質問をした。

「うん、よくそこまで考えたね。答えはノーだけど、話すのはあまり得意ではないね」

「お、大ヒント。次はずばり答えを」

「違ったね。質問1個残して正解だと思ったのに」

「でも、カイシュウ先生、今、大ヒントって言ったよ」

「……話すのは得意じゃないってことは、あの人たち、知的障害者じゃない？」

「でも、仕事とかするのかな、そういう人。普通は親とかとずっと一緒にいない？」

「さっきの作業なら、訓練すればできる気がする」

「……そうかも。よし、それ、ファイナルアンサーで。ビャッコさん、答えて」

おじさん二人に向き直り、ビャッコさんが、「この工場の特徴は、知的障害者の人たちが働いていることだと思います」と言うと、藤井さんが「おー！」と声を上げた。

カイシュウ先生が親指をグッと立て、僕らはハイタッチを交わした。

「いや、よくわかったね。すごい、すごい」

「タネ明かしすると、今、クラブで福祉をテーマに取り上げてるんだけどね」

「それでも大したもんだ。あらためて説明すると、ウチは知的障害者、それもかなり重度の障害がある人をたくさん雇っています。従業員の1割ぐらいが障害者です」

「補足すると、1割ってのはものすごく多い。法的な義務は2％程度です」

「さ、何か質問があれば答えるよ」

「どうしてそんなにたくさん障害者を雇うんですか。お給料が安いんですか」

「給料は健常者とほぼ同じ。安いからじゃなくて、彼らが優秀だから雇っているんだ」

優秀とは、ちょっと意外な答えだな。

「きみたち、さっきの仕事を毎日6時間やれって言われたら、どう思う？」

逆質問されて、僕らは目を合わせた。

「正直、つらいっていうか……」

「うん、健常者には単純作業は精神的にキツい仕事なんだ。単純であればあるほどね。でも、知的障害者は慣れた作業を繰り返すことにものすごい集中力を発揮する」

そうなのか。でも、なんか障害につけ込んで働かせてるみたいな感じもする。

「サッチョウさん、何か言いたげなご様子ですね」

う。よく見てるよ、人の顔色を。

「……あの……なんというか……障害者なのに、つらい仕事を押し付けられてるような気がしなくもないかなって、ちょっと思ったんですけど」

しどろもどろで言うと、藤井さんが笑顔でうんうんとうなずいた。

「そういう感じ方もわかる。でも、ちょっと考えてみてほしい。じゃ、彼らは、働かないで、自宅や施設にずっといるほうが幸せなのかな。自分が得意な仕事をして、世の中の役に立って世間並みの報酬を得られるなら、そのほうがいいんじゃないかな」

僕はじっと考え込んだ。ビャッコさんも長考モードだ。藤井さんが続けた。

「仕事ってのは、達成感や充実感もあるけど、健常者だってつらいときはつらい。それぞれの人がそれぞれの仕事で喜びや苦しみを感じるのが、働くってことだとわたしは思うね」

持ち場を守るってやつか。

「付け加えると、先ほど藤井くんが言った通り、この会社は重い障害のある人に健常者と同水準の賃金を払っています。これは非常に珍しいことです。知的障害者は、働く場をみつけるのが非常に難しいのが現実です。働くとしてもボランティアに支えられながら、工芸品やパンなどを作るといった例が多いでしょう」

駅前にパンの屋台が出ているの、見かけたことあるな。

「そうした活動も社会と接点を持って働く喜びを知る、とても大切なものです。でも、重い障害のある人たちが人並みの給料をもらうのは、我々健常者が考える以上の意味があります。仕事というのは、誇りや生きがいに深く関わるからです」

カイシュウ先生が話し終わったちょうどそのとき、作業場のほうから話し声がした。リーダーっぽいおばさんがこちらに向かってくる。僕がペコリと頭を下げると、リーダーさんはマスクをアゴのあたりに下ろし、ニヤリと笑った。50歳ちょい過ぎだろうか。リーダーさんは僕らの前を通り過ぎて、隣のベンチの灰皿の前に陣取った。

「梅村さん、さっきは邪魔したね」

梅村さんはタバコをくわえたまま、全然ＯＫ、みたいな感じで手をヒラヒラと振った。なんかかっこいいおばさんだな。カイシュウ先生が「お二人、何か質問は」と水を向けた。

「障害者の人の仕事ぶりって、どうなんですか」

ビャッコさんが聞くと、梅村さんは灰皿でタバコをもみ消してチラッと僕らのほうに目を向け、煙を盛大に吐き出しながら、だみ声で言った。

「フツーだね」


「いかがでしたか、お二人」

高速道路の入り口を抜けた頃、カイシュウ先生が口を開いた。すぐには言葉が出てこなかった。

「けっこうインパクトがあったみたいですね。遠出した甲斐がありました。最後に補足しておきます。あの工場では障害者は健常者並みの給料をもらっていると言いました。それは健常者の最低賃金並みという意味です。月々になおすと15万円程度、年収で200万円くらいでしょう。日本の一人当たりGDPは400万円程度です。つまり、我々の定義で言えば、彼らは『かせぐ』人ではなく、『もらう』人に入ります」

数字だけ取り出せば、そうなるか。

「『もらう』側の彼らは、フツーと呼ぶに値しませんかね」

僕らはまた黙り込んだ。車が見慣れた町に入った頃、隣のビャッコさんが外を見ながら、「フツー最高、フツーなめんな、か」とつぶやいた。

12時間目

「タマゴ」がわかれば世界がみえる

「では、今日も張り切って参りましょう。今日は『かせぐ』『もらう』『ぬすむ』について、また必要悪について考え方をまとめます」

カイシュウ先生が黒板に傾いたタマゴのような図を描いた。

「この図は世の中全体を表しています。左上が富の増大を担う『かせぐ』。真ん中が『もらう』。この中には『かせぐ』に近い人や『もらう』だけの人もいる。底が『ぬすむ』。富をちょろまかす輩《やから》です。横線は玄人と素人の境界線です。単純な善と悪あるいは一般人と犯罪者の境目ではありません。左の必要悪の部分は、玄人側ですが『もらう』に入っている。そして右側には素人だけど『ぬすむ』がいる。寄生虫の銀行家などです。一番底は泥棒、本職の詐欺師、麻薬ビジネスなどなどの犯罪者ですね」

「その左の部分にバイシュンフとか軍人が入るんですか」

「ワタクシの考えではそうです。ギャンブルの類も必要悪に入ります。再確認してお

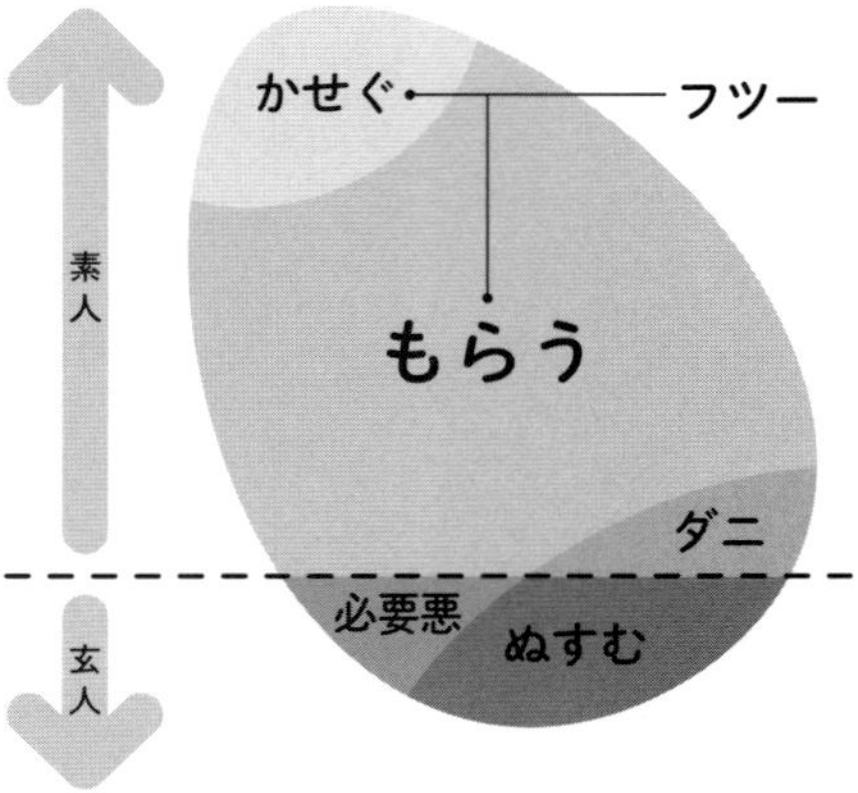

きます。これは富を産み出す、お金を増やすという観点から切り分けた図です。『かせぐ』が『もらう』より偉いわけじゃない。誰が富を増やすか、いわばそろばん勘定だけで世界を乱暴に切っています」

ビャッコさんが「高利貸しはどうですか」と聞いた。

「そちらは判断を保留します。もう少し後のクラブで議論しましょう」

次にカイシュウ先生がおなじみのリストを板書した。

先生
昆虫学者
パン屋
高利貸し
パチンコ屋
地主
サラリーマン
銀行家
バイシュンフ

何も見ないでも、完璧に頭に入ってるんだな。

「こうして見ると、これらがタマゴの図のどこに入るか、見えてきませんか」

何となく。ほとんどが『かせぐ』か『もらう』、つまりフツーだろうな。

「たとえば昆虫学者。商売をするわけでなく、知的レベルの底上げで人類に貢献する。お金という物差しでみれば『もらう』に入りそうですが、ジャングルに踏み入って新種を探すなんてのは危険なハードワークです。標本作りや論文作成も楽じゃない。好きでやってるとしても、です。『かせぐ』じゃないからといって仕事の尊さが損なわれるわけではない。農業への応用で経済効果の大きい研究もありますが、ただ単に普通の昆虫学者はそんなにもうからないってだけです」

ファーブル先生は、もらう人だったわけだな。

「『かせぐ』パン屋もいれば、『もらう』サラリーマンもいる。『かせぐ』銀行家もいれば、『ぬすむ』銀行家もいる。この辺は人それぞれでしょう。ケースバイケース。さて、お気づきでしょうが、高利貸しと並ぶ大物が残っていますね」

地主、か。なんか自分では働いてない感じがするけど、すごいもうかりそう。

「ビャッコさん、地主についてどう思いますか」

ビャッコさんが長考モードに入った。今日もサッカークラブは無駄に大きな声を上げている。7月に入って気温がぐんと上がり、教室にはむっとした空気がみなぎっている。日差しがきつくても外のほうが気持ちよさそうだ。

ようやくビャッコさんが「地主は『もらう』だと思います」と口を開いた。以前は、地主は役に立たない、とまで言っていたから、少し考えが変わったのかな。

「ほほう。でも、たくさん土地を持っていれば、けっこうな収入がありますよ」

「それでも『もらう』です。働いてるのは家や土地を借りてる人たちで、その人たちが稼いだお金からお家賃をもらうんだから」

なるほど。そういう考え方もあるか。

「『かせぐ』が先にあるところに着目したのですね。なかなか面白い」

ここでカイシュウ先生が一度黒板を消して、あらためて3つの言葉を板書した。

かせぐ
もらう
ぬすむ

「我々はこの3つのお金を手に入れる方法について一応の結論に至りました。お二人とも、これらの言葉のとらえ方がだいぶ変わったのではないでしょうか」

たしかに。特に『もらう』はそうだな。

「次回からこれまでの議論を土台に次のテーマに取り組みます。高利貸しと地主についても考えを深めましょう。さて、お二人が挙げたお金を手に入れる方法、残り2つは何でしたか」

「……1つは『かりる』だったような」

「もう1つは『ふやす』です」

「庶民代表は『かりる』、お金持ち代表は『ふやす』と、ナイスコンビプレーでした。ところでお二人に相談です。ご存じの通り、1学期中のクラブは残り1回だけです。ワタクシとしては勢いにのって夏休み中も続けたい気分ですが、いかがですか」

僕は「賛成します」と即答した。尻切れとんぼは嫌だし、何よりビャッコさんに休み中も会える。ビャッコさんも「はい」と答えた。

「では夏休みも続行ということで。時間は月曜の午前9時からとしましょうか。多少なりとも涼しいでしょうから。アレンジが整ったところでお待ちかねの宿題です」

カイシュウ先生はポケットを探ると、教卓に囲碁の石を打つようなしぐさで何かを置いた。ビチッ、と硬い音がした。500円玉だった。

「宿題は『かりる』です。この500円をワタクシから借りる方法を考えてきてください」

なんだ、そりゃ。

カイシュウ先生は「健闘を祈ります」と500円玉を拾い上げ、教室を出ていった。

放課後

たかが500円、されど500円

僕は今、じっと手のひらのお金を眺めている。

２７０円。何度数えても、２７０円。これで全財産か。これはヤバい。何が言いたいかというと、５００円借りる宿題は、切実すぎるってことだ。明後日には『進撃のエクソシスト』の新刊が出るってことだ。５００円、誰かにホントに貸してほしいってことだ。

「お母さん、５００円貸してくんない？」

台所に駆け込んだ僕はすぐ後悔した。なぜ姉貴が。普段は手伝いなんてしないクセに。

「何よ、貧乏人。アタシが貸してやろうか。利子は1週間１００円でいいよ」

「アンタに頼んでない。ねえ、お母さん、いい？」

「えー。お小遣い、もうないの？　しょうがないわね。何に使うの？」

「いろいろ。なんでもいいじゃん。次の小遣いから引いてよ」

「前借りしたら、また困るわよ」

「じゃ、お年玉でまとめて返すから」

「ふーん。半年先ねえ。それならお母さんも利子取ろうかしら」

「わたしが利子なしで貸してやろうか」

僕は初めて姉貴の顔をまともに見た。今飲んでるその牛乳、腐ってたか。

「ただし条件付き。アンタのワーバス貸してよ」

ワードバスケットは、しりとりカードゲームだ。お年玉で僕が買った。めっちゃ面白い。家族でやるときには姉貴も入れてやるが、貸し出しは禁止。普段は隠してある。

「友だちとやりたいのよ。あれ、盛り上がるじゃん。1カ月以内にちゃんと500円返してくれたらワーバスは返す。ダメならワーバスをいただくって条件」

「お断りします。あ、お母さんもなんか条件とか考えてよ」

「そうねえ。じゃ、夏休み中、ずっとお皿洗い当番ってのはどう」

「それなら利子100円払ったほうがマシだよ」

「あら、気づいた?」

台所にアハハハハと笑い声が響いた。こりゃ宿題も大変だ。

13時間目

お金の借り方、教えます

ビチッ。ビチッ。ビチッ。硬い音が響き、教卓に10円玉、100円玉、500円玉が並んだ。

「500円を借りる方法が宿題でした。軽く準備運動。サッチョウさん、この10円をワタクシから借りてください」

とりあえず「あの、10円貸してください」と直球勝負でいってみた。カイシュウ先生が「ほう。どうして？」と応じた。やっぱり小芝居をやるのか。

「今、ちょうど10円玉がなくて……あ、ジュース買うんです。今度返しますから」

「はい、どうぞ」とカイシュウ先生が10円玉を差し出した。思わず受け取ってしまった。僕が机にお金を戻そうとすると、カイシュウ先生が首を横に振った。

「せっかく借りたんだから、次回のクラブで返してください」

なんのこっちゃ。僕は10円玉をポケットにしまった。

「次はビャッコさん。今度は100円です」

ビャッコさんは「はい」と返事して立ち上がり、「その100円を貸していただけますか。来週のクラブで必ずお返しします」と言い終わると、深くお辞儀をした。一瞬の間をおいてカイシュウ先生が100円玉を手に取り、「はい、どうぞ」とビャッコさんに渡した。ビャッコさんがそれをペンケースにしまった。

「ん？　サッチョウさん、何かご不満な様子ですね」

「だって、なんかエコヒイキじゃないですか。僕のときは質問攻めにしたのに」

カイシュウ先生は人差し指を立てて顔の前でチッチッチッと振った。うざい。

「全然わかってないですね。お金を借りる、あるいは貸すという行為の本質が。ビャッコさんはキチンと立って頼み、返済の意思を明確にしました。座ったままでちょっと貸してよ、という、横柄《おうへい》なヒトとは雲泥《うんでい》の差です。ほら、たかが10円って顔に出てますよ。10円を笑う者は10円に泣くんです。お金の貸し借りには独特の緊張関係があります。たとえ10円、100円でも、です。友人同士のお金の貸し借りを戒《いまし》める金言《きんげん》や警句《けいく》が多いのは、友情を揺るがす破壊力が借金にあるからです」

2000円借りてから姉貴との関係が一段と悪化したのは確かだ。

「ビャッコさんの申し入れの態度は大変立派でした。借金という行為を支えるのは、突き詰めると借り手の信用です。信用してもらえる態度を示すのは借金の基本です」

ぐうの音《ね》も出ません。僕は悔《くや》し紛《まぎ》れに「そんな技、どこで覚えたの」と聞いた。

「お祖母ちゃんにきつく叱《しか》られたことがあって。テニスラケットが欲しくてお金貸してって軽い気持ちで頼んだら、そういうときは姿勢を正して頭を下げろって」

「素晴らしい教育です。話を戻すと、サッチョウさんにはもう一つ不利な条件がありました。サッチョウさんが貧乏でビャッコさんがお金持ちなことです」

おい、そんなのアリなのか。エコヒイキどころか完全に差別じゃないか。

「その顔、何やら誤解してますね。ワタクシは家庭事情を言ってるわけじゃない」

「いや、今、たしかにウチが貧乏でって言いましたよね」

カイシュウ先生がまた人差し指でチッチッチッとやった。今日はうざいな。

「それは被害妄想です。ワタクシが言ったのはお二人の個人的な所持金のことです。サッチョウさん、お年玉、貯金しましたか。どうせとっくに使い果たして月々のお小遣いでカツカツってところでしょう」

ウチに盗聴器でも仕掛けられているんじゃないだろうか。

「図星と。さてビャッコさん。お年玉、どれだけ残ってますか」

ビャッコさんは目をキョロッと上に向けて考え、「半分ぐらいは」と答えた。すげえ。

「ね。サッチョウさんは貧乏でビャッコさんはお金持ちでしょ」

またもや、ぐうの音も出ません。

「一般論として、男性はお金にだらしなく、女性はしっかりしているものです。これは日本に限りません。発展途上国で普及している、マイクロファイナンスという貧困層向けの小口融資があります。ノーベル平和賞を取ったバングラデシュのグラミン銀行が有名ですね。そのグラミン銀行の貸付先はほとんどが女性です。オトコは借金を踏み倒してトンズラしてしまうから。もちろん全員じゃないですよ。でも女性よりはっきり確率が高い。オトコは信用できないのです」

ひどい偏見のような、当たってるような。

「準備体操は終わり。いよいよ本番、500円の借金チャレンジです。返済は1週間後とします。ではサッチョウさん、どうぞ」

僕はさっそくビャッコさん方式を採用し、立ち上がって「その500円を貸してください。来週返します」とお辞儀した。ビャッコさんがクスクス笑っている。

「ほほう。どうしてですか」

「買いたい本があるけど、お金が足りません。週明けにはお小遣いが1000円もらえます。そしたら、利子を20円プラスして返します」

「どうせマンガの新刊でしょう。お小遣いが出るまで待ったらどうですか」

「すぐ読みたいんです。姉に貸すレンタル料で利子の20円はカバーします」

カイシュウ先生が大きな声で笑って、「いいでしょう。では、これにサインを」と、シャツの胸ポケットから1枚の紙を取り出した。

借用書

江守先生
一、私は貴殿より金　　円を借り受けました。
二、上記借金につき1週間後に一括返済します。
平成×年×月×日
住所
氏名

なんだこれ……。僕はカイシュウ先生の顔を見た。今日も座っているだけで額に汗が浮く真夏日なんだけど、別の類《たぐ》いの冷たい汗を脇の下に感じる。

「どうしましたか。ごく一般的な借用証書ですよ」

そんなこと言われたって。こんなもの生まれて初めて見るにきまってるだろう。

「ホラ、そこに住所と名前を。フルネームでお願いします」

仕方ない。僕は言われるままに名前を書いた。

「はい、ではたしかに500円、お貸しします」

僕らは500円玉と借用証書を交換した。お。ミッションクリアーかな。

「サッチョウさん、うまくやりましたね。と言いたいところですが、0点です」

カイシュウ先生はピラッと借用証書を僕の前に垂《た》らした。

「金額が空欄です。テキトーに書き込まれたらどうするんですか。ま、今回は見逃してあげましょう。520円、と」

「え。500円ですよね」

「利子込みにすれば金利の記載が省けるでしょ。来週のクラブで返してください」

「あの、まさか、ホントに借りるんですか」

「そのほうが盛り上がるでしょ」

「……ホントに利子取るんですか」

「そのほうが盛り上がるでしょ」

もう何も言うまい……。

「手抜かりはありましたが、1週間で4%という高利を払う作戦で見事に課題をクリアしました。利子を払ってお金を借りる。オーソドックスな『かりる』です。そして、ワタクシは貸すことでお金を『ふやす』。お互いハッピーです」

あまりハッピーな気分じゃないけど。

「では、次はビャッコさんの番です」

ビャッコさんは「はい」と答えてバッグから何か取り出した。真っ白なアウトドアっぽいデジタル時計だ。かっこいいな。

「500円貸していただけますか。1週間後にお返しします。その間、この時計を預かっていただいてかまいません。返せなかったら時計は差し上げます」

カイシュウ先生が手にとって「Baby－Gですか。程度もいいし、叩き売っても2000円にはなりますね」と品定めした。てことは、元は1万円以上しそうだな。

「いいでしょう。で、金利はいかほど頂戴《ちょうだい》できますか」

「なし、ではダメですか」

「それじゃ、ワタクシに何もメリットがないですよ」

「わかりました。じゃ、5円払います」

カイシュウ先生がビャッコさんの目をじっと見て「10円、ですね」と詰め寄った。セコい。セコいぞ、このおじさん。しばしの間があり、ビャッコさんがうなずいた。

ビャッコさんは渡された借用証書に目を走らせ、金額と住所、名前を記入した。

カイシュウ先生が「はい、完璧ですね」と500円と借用証書を交換しようとすると、ビャッコさんが「預かり証をいただけますか。時計の」と言った。カイシュウ先生がのけぞって「これはこれは」と小さなメモ帳を取り出した。ビャッコさんはメモを受け取り、「ありがとうございます。大事な時計なんです」と笑って席に着いた。

カイシュウ先生の大きな拍手が教室に響いた。

「パーフェクト。金利の交渉と預かり証の請求が秀逸でした。今のような手法を担保の差し入れといいます。この場合は腕時計の価値が担保となり、貸し倒れのリスクを軽減するわけです。お金が返ってこなくても時計を売り払えば貸し手は損しない。古くからある質屋《しちや》の仕組みも同じです。お二人、質屋って知ってますか」

僕らは目を合わせて首をひねった。

「昭和は遠くなりにけり。昔の小説では貧乏学生なんかはじゃんじゃん持ち物を質入れします。学生服やら畳やら。女房を質に入れても初鰹《はつがつお》、なんて川柳《せんりゅう》もある」

僕らはポカーンとした顔で話を聞いていた。

「すると、質屋も質札もご存じないのに預かり証を出せとおっしゃったわけですか」

「お祖母ちゃんに相談したら、借金のカタに何か渡せばいい、その代わり預かり証を必ず受け取れって」

「借金の力学を熟知してますね。さて結果を振り返りましょう。サッチョウさんは510円借りて来週に530円返す。利子は20円。ビャッコさんは600円借りて返済は610円。利子は10円。信用力と交渉力の差が金利負担に如実に表れました」

はいはい、その通りでございます。

「ここで視点をひっくり返しましょう。ワタクシはお二人に総額1110円貸しました。これに利子が30円つく。1週間で3％弱。悪くない金利です」

悪くない金利を実際取ろうってんだから、悪い教師だよ。

「これが『ふやす』です。お金がお金を産むマジック。お二人は『かりる』で一時的にお金を手にする。最終的にはワタクシのお金が増える。今日のやりとりは『かりる』と『ふやす』の表裏一体の本質です。ちなみに借金の踏み倒しは『ぬすむ』ですね」

踏み倒す、か……。ふと考えた矢先、ビラッと目の前に借用証書がぶら下げられた。

「ま、たとえ不心得者が踏み倒そうとしても痛くもかゆくもないですがね。下のほうに『返済が滞《とどこお》った場合、両親に訴えてお小遣いを差し押さえることができる』とあるでしょう」

僕は目を見開いて、薄くて、小さな、ホントに小さな活字をみつけた。

「契約書へのサインには細心の注意を。良い勉強になりましたね。格安の授業料で」

もう、何も言うまい……。カイシュウ先生はチラッとビャッコさんの腕時計に目をやった。

「いい時間ですね。今週はここまでとしましょう。来週からはいよいよ夏休みですから、どこか空調のきく場所を押さえておきます。で、お待ちかねの宿題ですが……」

そう言いながら、カイシュウ先生は教卓の上の小さなバッグからサングラスを取り出した。金縁で、レンズの上のほうの色が濃く、下の薄い部分から目がうっすら見える、ガラの悪そうなヤツだ。丸眼鏡からそれにサッとかけかえ、最前列の机にドカッと座って足を組んだ。そして見下ろすように僕らをにらみ、紙の束《たば》を僕らの真ん中の机の上に放り投げた。

それは1万円札の束だった。

僕らはじっと分厚い札束を見つめた。ビャッコさんの目が（ホンモノ、だよね？）と問いかけてきた。僕も（ホンモノ、かも）と目で答えた。声が出ない。

カイシュウ先生が「モノホンやっちゅーねん」と宣言した。なぜ関西弁なのか。

「ピン札できっちり100万あるで。これが宿題や。100万円を1年、ワイから借りてみいや。ほな、ひとつ、今日みたいな調子で頼むで」

謎の関西弁のおっさんは一方的にそう告げると、札束をバッグに戻し、立ち上がった。最後に「せいぜい二人で、ない知恵しぼるんやな」と言い捨て、肩をいからせて立ち去った。

放課後

宿題は借金１００万円

「ひ、ひ、ヒノキ！」

「やるね、ビャッコさん！　き、き、教科書！」

「よ、よ、予習！」

「う、う、う、牛若丸！」

「うわ、お母さん、古！　昭和！」

「何言ってんの、平安時代よ！」

「ルービックキューブ！　やった！　おわり！」

ビャッコさんの勝利宣言でゲームは終わった。

次の作戦会議を僕のウチで開こうと提案したのは、ビャッコさんだった。案の定、姉貴が邪魔に入り、お母さんも参戦して、ワードバスケット祭りになってしまった。

「あー、やられた。マジで強いね、ビャッコさん」

わずか20分ほどで、すっかりビャッコさん呼ばわりか。なれなれしいヤツだ。

「さ、紹介とゲームはおわり！　宿題のために集まったんだから邪魔しないでよ」

「あら、邪魔とは、ひどいじゃない。ビャッコさん、あたし、邪魔？」

「いえいえ、とんでもない。こちらこそお邪魔しちゃって」

「そんな聞き方されて邪魔って答えるわけないだろ。いいから出てって」

「出てけって？　ここはわたしの部屋でもあるのに？　あんた何様？」

「はいはい、お客様の前でいつも通りバトルしないで。おやつ持ってくるから」

お母さんが退室して姉貴は自分の机に向かった。どうせ聞き耳立ててるんだろうけど。僕は作戦会議に集中することにした。

「サッチョウさん、なんかアイデア浮かんだ？」

100万円を1年間借りる、か。現実感がなさすぎて、まったく何も思いつかない。

「利子をつけて1年後に返せばいいんだよね。借りるだけ借りてしまっとく？　で、お年玉で利子を足して返す」

ビャッコさんが「それ丸損するだけ」と笑った。その裏であのおじさんが丸もうけか。

「わたしがちょっと思いついたのは、お金を借りて、それをまた誰かに貸すっていうの。借りたのより高い金利で貸せば差額がもうかる」

　僕は「おー、すごい！」と言いながら、さすが高利貸し一族、という言葉をのみ込んだ。

「問題は貸す相手。金利が10％でもいいよ、って人がいたとしても、ちゃんと返してくれるか、わかんないし」

「わたしが借りようか？　年10パーで」

　僕がにらむと、姉貴がニヤッと笑いかえしてきた。イラッとくる。

「お姉さん、借りて、どうするんですか」

「そりゃ、一発勝負よ！　全部、宝くじ買っちゃう！」

「それは、ちょっと貸せません。外れたら返せないじゃないですか」

　ビャッコさんが笑いまじりで答え、姉貴は肩をすくめて向こうをむいた。アホすぎる。

「誰かに貸すのは難しいかなあ。借りたお金を何に使うか、ちゃんと返してくれるか、チェックしなきゃいけないもん」

「これ、カイシュウさんも同じこと考えるよね。お金を何に使うか、どう増やして利子をつけて返すか、かなりちゃんと説明しないと貸してくれないと思う」

「金利を取られる以上にこうやってもうけますって言わないとダメなのか。うーん。借りたお金で材料を買って、何か作って売るとか、そんな感じかな」

「100万円も材料代を使って、しかもちゃんと売れてもうかるもの、だよね」

うーん。見事に、何も思い浮かばない。僕らは黙り込んでしまった。

また姉貴が「ねえねえ。いい手があるよ」と口を挟んできた。「転売屋をやるの」

「なんですか、それ」

「セールとかバーゲンに並んで商品を仕入れるわけ。で、それをネットで売ってもうける技。ちょっと手間をかければけっこう稼げるらしいよ」

へえ。こいつ、悪知恵だけは発達してるな。

「なんか、それ、いけそうな気がする。ありがとうございます」

「いえいえ、どういたしまして。もう、これくらいのことでしたら、いつでも」

ビャッコさんにほめられて、調子に乗りまくってる。

「サッチョウさん、どう思う？」

「正直、ピンとこないなー。何を仕入れればいいんだろ」

「バーゲンっていうと、服とか、靴とか、そういうのかな」

「期間限定とか、地域限定とかが狙い目だって。プレミアムつくから」

さては自分でやろうとして調べたことあるな、こいつ。

「これってさ、売れ残ったら、部屋が商品であふれかえりそうじゃない？」

「わたしの部屋に置いてもいいけど……売れ残ったら、仕入れたお金、丸々損しちゃうね」

「そもそも何をいくらで売ったらいいかとか、自分たちで決めないとだよね」

とても僕らの手に負えるとは思えない。

「はいはい、糖分補給のお時間ですよ」

言い出しっぺの姉貴も黙り込んでしまったところに、お母さんがおやつを持ってきてくれた。お盆にはビャッコさんの手土産のどら焼きと、お茶がのっている。

「ありがとうございます」

「いえいえ、こちらこそ。ここのどら焼き、おいしいのよね。ご一緒していいかしら」

なんだかんだと居座ろうとするのは、いずこの母親も同じだな。

姉貴が「わー、栗入り！　包装も超豪華。ビャッコさん、こんな気を遣わなくてもいいのにー」と言いつつ、満面の笑みで真っ先に手を伸ばした。

「その辺にあったもらい物をそのまま持ってきちゃいました。自分が食べたくて」

ビャッコさんもどら焼きを袋から出して嬉しそうにかぶりついた。

お母さんの「宿題はかどってる？」という言葉に、僕らは目を合わせて首をひねった。

「あらあら。難問なわけね」

「お母さんさ、１００万円とか、借りたことある？」

「へ？」

「１００万円の借金をするのが、このヒトたちの宿題なんだってさ。変なクラブだよねー」

「１００万円ねえ。ウチの車、もうボロだけど、１００万以上のローンを組んで買ったわね」

「それじゃダメなんだよ。１００万円を1年借りて、利息をつけて返さなきゃいけないんだ。車のローンって、お父さんのお給料から返すわけでしょ。僕らの宿題は１００万円を元手にもうけが出る商売かなんかを自分たちでやらなきゃいけないんだ」

お母さんはポカーンとした顔でしばらく僕を見て、声を上げて笑い出した。

「それ、問題がおかしいわよ。そんなの無理に決まってるじゃない。中学生に」

思わずムッとしてアタマに血が上りかけた次の瞬間、ハッとして、ビャッコさんのほうに向き直った。ビャッコさんも真剣な顔をしている。

「もしかして、僕ら、やられてる？」

「うん。あのおじさん、ほんと、くせ者だよね」

「なになに、二人だけ、わかった顔して」

姉貴が妙に嬉しそうに首を突っ込んできた。それを軽く無視して僕が続けた。

「ただ単に借りません、じゃつまんないから、もうちょっと作戦詰めようよ」

「うん。方向見えてきた」

無視された姉貴は、ちょっと不機嫌そうに食べかけのどら焼きをぱくりと平らげると、マグカップを片手に自分の机に戻った。

その後、お母さんに車で「福島さんのお屋敷」まで送ってもらい、僕らはギリギリまで話をした。ビャッコさんは姿が見えなくなるまで見送ってくれた。僕も窓を開けてずっと手を振った。

「いい子ねえ。福島さんのお嬢さんなんて、もっとお高くとまってるかと思ったら」

お母さんはすっかりビャッコさんのファンになったようだ。

「ああいうお嫁さんなら、大歓迎だわー。どう、逆玉、狙ってみたら」

バックミラー越しにお母さんが僕の顔をうかがった。言葉は耳に入ってきたけど、頭の中は手を振るビャッコさんの姿でいっぱいだった。

14時間目

貸すも親切　貸さぬも親切

職員室のすぐ隣の放送室は、適度に狭くて空調と防音もばっちりで、居心地の良い隠れ家のような場所だ。でも、僕らの前には、バカデカいおじさんが派手なアロハシャツとガラの悪いサングラスを身につけて、大股《おおまた》開いてパイプ椅子に座っている。とても暑苦しい。なぜか大きなハリセンまで持ってるし。

そして何より、放送設備の上に置かれた100万円の札束が、さらに暑苦しい緊張感を醸《かも》し出していた。夏休みに入って私服になったビャッコさんが白いワンピースで涼しげな空気を振りまいてくれているのが、せめてもの救いだった。

「その100万円、お借りするのはお断りします」

ビャッコさんがパイプ椅子から立ってそう宣言すると、サングラスのおじさんがけげんそうに片方の眉を上げた。あまりに芝居がかってるのでニヤニヤしてしまう。

「何ニヤニヤしてんねん。何が何でもカネ借りるのがあんたらの仕事ちゃうんかい」

このキャラ、相当気に入ってるな。僕も立ち上がった。

「理由はこれから説明します。その前に手を出してください」

カイシュウ先生のデカい手のひらに僕が530円、ビャッコさんが610円を乗せる。カイシュウ先生が僕らに借用証書を返す。1110円を1週間貸して30円のもうけか。うん、悪くない。最後にビャッコさんとカイシュウ先生が白い腕時計と預かり証を交換した。取引完了だ。

「わたしたちの『かりる』とカイシュウさんの『ふやす』を通じて、1週間で3%ぐらいの金利のやりとりがありました。複利計算なら1年で何倍もの返済額になります。そこまででなくても、100万円を借りたら数十万円の利子が必要なはずです」

「僕たちは借りたお金を増やす方法をいろいろと考えましたが、そんな利子を払えるほどもうかる見込みがありません。だから、このお金は借りるべきではないと決めました」

僕らはそろって座った。サングラスの中の視線が二人の間を行き交う。

バシッ、という突然のハリセンの音に僕はビクッとした。ビャッコさんはびくともせずほほ笑んでいる。カイシュウ先生は嬉しそうに「いや、やりますね！」と言うと、サングラスから丸眼鏡にかけ直し、放送機器に無造作に置かれた100万円の上にハリセンを放り投げた。

「見事にワタクシのワナをかいくぐったプロセスをご披露願えますか」

「まず考えたのは又貸し、借りたお金をもっと高い金利で誰かに貸すという方法でした。でも、借りてくれる相手を探すのが難しいので、これはすぐボツにしました」

「次に考えたのが借りたお金を元手に転売屋をやる、というアイデアです。これは姉からヒントをもらいました」

「ああ、例のナイスな。なかなか利にさといですねえ」

「で、あれこれ考えましたけど、転売屋も含めて、僕らには全然、商売の知識がないんだから、無理だな、ということになりました」

カイシュウ先生が「実に賢明な見切りですね」とうなずいた。

「『かりる』と『ふやす』。裏表の関係のこの二つが成り立つには条件があります。借金に付きモノの金利というコストを吸収する『かせぐ』の裏付けです。それがない限り、カネなんて借りるもんじゃない。『かせぐ』を『もらう』に置き換えても同じ。返済のあてがない借金をすれば、坂道を転げ落ちるように人生は狂い出します」

転落人生か。怖いな。

「ところでお二人、今回の１００万円、もし借りたら金利はいくらだったと思いますか」

「50％ぐらい」と僕。「30％くらいかな」とビャッコさん。

「お二人とも、ワタクシを相当アコギな人間とご評価いただいているようで、光栄です。ま、ワタクシとしてはそれでも全然低すぎなのですが、残念ながらそんな高金利は取れない。１００万円以上の融資の上限金利は15％と法律で決まっています」

へー。知らなかった。それでも年15万円か。僕らが借りるのは無謀《むぼう》だな。

「その昔はサラ金、いわゆる高利貸しの金利は30％や40％でＯＫだった。でも、借金苦で生活が破綻する人が急増して法律が変わりました」

カイシュウ先生が探るような目になり、「お二人、過払い金返還請求訴訟《そしょう》って聞いたことないですか」と聞いた。ビャッコさんの表情が硬くなった。

「あります。ウチもそういう裁判をたくさん起こされているらしいです」

「子どもの耳には入れたくない話が漏れてきちゃってるんですね。サッチョウさんのために説明しますと、金利が40％だった時代でも、すがるように借りる人たちはいたわけです。でも、そんな人はそのうち別の会社からお金を借りて借金返済に回すような状態になる。いわゆる多重債務者《たじゅうさいむしゃ》です。こうなったら、もう這《は》い上がれません。借金の奴隷になって、最後はよくて自己破産、下手したら夜逃げや自殺にまっしぐらです」

借金の奴隷、か。すごい言葉だ。金の亡者《もうじゃ》とセット販売になってそう。

「そんな不幸が後を絶たず、あるとき世の中全体が高利貸し許すまじ、となった。その結果、法律が変わってサラ金の金利は一気に半分に下がった。同時に国はとんでもないことをやった。過去の過払い金を取り戻す訴訟の容認です」

「カバライって何ですか」

「払いすぎ、の過払いです。新しい上限金利は15％だ、昔の30％との差額分の利子を払い戻せという裁判です。サッチョウさん、取りすぎた分を返すのは当たり前では、なんて顔してますね」

「だって、30％って、ちょっと無理というか、ひどくないですか」

「しかし長年、国はそれを黙認してきたわけです。法律の範囲内で自由に行動できるのが法治国家です。ルールを変えるのはいい。でも、新しいルールを過去に適用すべきではない。あと出しジャンケンがまかり通ると、市民生活も市場経済も成り立ちません」

あと出しジャンケン、か。ずるそうな感じはするけど、まだピンとこないな。

「こんな例を考えてください。ある日突然、牛肉の販売が違法になる。しかも過去にさかのぼって、肉屋やハンバーガー屋から、これまで売った牛肉の分の罰金を取る」

ああ、それはなかなか無茶だな。ちょっとわかってきたぞ。

「こんなあと出しジャンケンがアリになると、牛肉専門店なんか続々と倒産するでしょう。それだけじゃない。牛肉と関係ない商売も安心してできなくなる」

「あ、次は鶏肉とか豚肉がアウトになるかもしれないからか」

「そうです。あと出しジャンケンがアリの世界では、ルールを守って商売していても安心できない。過払い金で日本がやったのは、まさにこれでした」

「でも、どうしてそんな無茶をしたんですか」

「政治家や役人、裁判官の人気取りですね。世間様が高利貸しはけしからんとおっしゃるから徹底的に叩け、と。ま、そんな理屈です。アコギにもうけすぎだったから、というのは目くらましです。もうけすぎを長年放置したのは政府です。政治家や役人は献金や天下り《あまくだ》で甘い汁を吸っておいて、手のひらを返したわけです」

ひどくなる一方の話をビャッコさんは真剣そのものの目で聞き入っていた。

「脇道はこれまで。本題に戻ってまとめておきましょう」

借り手　現在　お金が足りない　将来　利息をつけてお金を返せる
貸し手　現在　お金に余裕ある　将来　お金に利息がつくと嬉しい

「お金の貸し借りには二つのバランスが関係しています。一つはお金の在りかのバランス、もう一つは時間のバランスです。借りる側は今、手元にはないけれど、将来お金が入ってくるあてがある。貸す側は手元に余分なお金があって、うまく増やせたらいいなと思っている。この二者を金利がつなぐことで、眠っているお金が有効活用される。さて、ここで我々が磨いた尺度にご登場願いましょう。『ふやす』という行為は、フツーでしょうか。つまり、『かせぐ』あるいは『もらう』に値するでしょうか」

そう来たか。カイシュウ先生が間をとった。ビャッコさんをちらりと見たら、心ここにあらず、という様子だ。

今、お金がなくて困っている人に誰かがお金を貸す。借りた人はそのお金で商売をしたり、車やマンションを買ったりする。で、お金を稼いだら借金を返す。貸した人はそれで金利の分だけもうかる。うん、悪くないじゃない、これ。

「サッチョウさん、考えがまとまったようですね」

ほんとによく顔色見てるな、このおじさん。

「お金を貸して『ふやす』のは、自分では働いていないけど、『かせぐ』や『もらう』と同じ、フツーに入れていいと思います」

「原則、同意します。しかし、そこには条件がある、というのがワタクシの意見です。借り手と貸し手に合理的で理性的な合意がある場合に限る、という条件です」

合理的で理性的、か。ずいぶん堅苦しいな。

「先週の例でいけば、金利は金欠のサッチョウさんがマンガの新刊を買う代償としてそれなりに適正だった。お小遣いが入るから返済にも無理はなかった。そうですね」

「はい」

「これが合理的で理性的ということです。残念ながら、借金をするとき、人は理性的な判断力を失いがちです。今すぐ新製品が欲しくてクレジットカードを使う。豪華マンションに一目ぼれして無理なローンを組む。ギャンブルで負けがこんで一発逆転を狙う。とにかく100万円用意しないと会社が倒産する。理由はさまざまですが、借金という行為は人間から冷静な判断能力を奪う魔力があります」

横目で見ると、ビャッコさんの眉間《みけん》に深いしわがよっている。

「理性を失った人はどんな悪条件でものんでしまう。10日で1割、いわゆるトイチといった無法な高金利にさえ手を出してしまう。自分自身や家族の身柄を担保に差し出すことだってある。悪質な金貸しは人身売買や臓器売買といった悪事も厭《いと》いません」

臓器売買って……これは本当に中学校のクラブ活動なのか。

「昔の偉い銀行家が『貸すも親切、貸さぬも親切』という名言を残しています。借りちゃいけない人には貸さないほうがその人のためになる。とても深いお言葉です」

えぐい前振りのおかげで、心に染み入るようなありがたい言葉に感じる。

「だから、借り手と貸し手が、それぞれ冷静に条件を決められる状態でなければ、人にお金を貸してお金を『ふやす』ことをフツーに入れるべきではない」

カイシュウ先生の目がビャッコさんに注がれている。ビャッコさんが目を上げた。

「つまり、高利貸しは『ぬすむ』に入れるべきだって言うんですね」

カイシュウ先生がはっきりとうなずいた。僕は、唇《くちびる》を結んでまっすぐにカイシュウ先生を見返すビャッコさんの横顔を、綺麗だな、と思った。

「少なくともかつての高金利で融資していた時代の高利貸しは『ぬすむ』に分類せざるを得ない。借り手はその場が助かるだけで、その後、身を滅ぼす。そんな金利を取るのは社会に損失を与える、つまり『ぬすむ』に当たると見るべきでしょう」

ビャッコさんはじっと聞き入ったあと、ふいに口元に笑みを浮かべた。うつむき加減で軽く緩んだ唇から出てきたのは、意外な言葉だった。

「ありがとうございます」

僕は言葉が頭に染み込まず、戸惑った。カイシュウ先生は静かに聞いている。

「わたし、これまで、感情だけでお父さんの仕事を否定してました。でも、お父さんがどれだけ忙しくて、どれだけ一生懸命仕事をしているかも知っていたので、自分の中で気持ちをどう整理していいかわかりませんでした」

ビャッコさんが目を上げ、カイシュウ先生と僕にほほ笑みかけた。

「でも、今、ちゃんと全部に向き合って、心から納得できました。やっぱりお父さんにはローンの仕事はやめてほしい」

カイシュウ先生が優しい目でビャッコさんを見守っている。

「わたし、ずっと、サッチョウさんがうらやましかった」

意外な言葉が、また僕を戸惑わせた。

「消防士のお父さんを尊敬してるって。そう言い切れるの、素晴らしいと思う」

こんなときって、何を言えばいいんだろう。僕は子どもだな。

カイシュウ先生が、パン、と手を打った。

「さ、これで我々はまたビャッコさんの疑問に一定の答えを出せたようです」

その声には空気を明るいものに変える力があった。

「ギャンブルは、必要悪という観点から『もらう』に位置づけた。借り手を追い詰めるような高利貸しは『ぬすむ』に分類した。残るは地主ですが、まだ準備不足です。もう少し『かりる』と『ふやす』を掘り下げましょう。そこでお待ちかねの宿題です」

宿題はビャッコさんと作戦会議が開けるから大歓迎だ。カイシュウ先生は手元の札束からぴらりと1枚、1万円札を抜き出した。

「この1万円をワタクシから借りてください。借り入れ期間は1年。今回はオークション方式で、より良い条件を提示した方を借り手に選びます。棄権《きけん》はなし」

これはまた、やっかいな。あ、しかも、これって……。

「競争ですから作戦会議は禁止します。各自、自力で挑《いど》んでください」

どんよりと暗い気持ちになってしまった。

「キーワードは合理性と理性です。お忘れなく。では来週」

カイシュウ先生が姿を消し、僕ら二人が放送室に残された。「ずっとうらやましかった」という言葉がよみがえって、僕は金縛《かなしば》りにあったように身動きできずにいた。

するとビャッコさんがすっと立ち上がり、右手を差し出した。僕も立って握りかえそうとしたら、手が汗でぐっしょりだったので、あわててジーンズのお尻でぬぐった。

僕らは、手のひらを重ねるように、そっと握手した。

「サッチョウさん、いつも、ありがとう」

しばしの間のあと、ビャッコさんが強いグリップで手を握り直した。

「次の宿題、負けないから。お互い、がんばろうね」

手がしびれるくらいの握手のあと、ビャッコさんは「また来週」と明るい声で放送室を出ていった。しばらく一人で呆然としてから、僕はクラブの後半、自分がひと言も話せなかったのに気づいた。

放課後

お金を「ふやす」は無理難題？

1万円を1年借りると、いくら金利を払うものなんだろう。1万円貸せば、いくら金利がもらえるんだろう。さっぱり見当がつかない。

借りたお金で商売をするのは無謀《むぼう》だから、ビャッコさん方式の「又貸し」しかないよな。

僕は慎重に台所の入り口をくぐった。姉貴の気配はない。

「お母さま、ちょっとご相談がありまして」

「なに。猫なで声で。またお小遣いの前借り交渉？」

「むしろ逆。僕がさ、お母さんに1万円貸してあげたら1年でいくら利子くれる？」

「そんなお金、どこにあんのよ。万年金欠なのに」

「近いうちに手に入る予定なんだよ。そしたらお母さんに借りてもらおうと思って」

「又貸しで親からサヤ抜こうっての？　ろくでもない息子に育ったもんだわね。そうねえ。別にお金に困ってるわけじゃないし、せいぜい10円ってところね」

「え。1年でそれって、ひどくない？」

「どうせ、貯金したことないから銀行預金が今いくらぐらいか、知らないでしょ。いつもの得意のアレ、ほら、ググりなさいよ。1年物定期、とか」

お母さんルートは断念か。安全確実なんだけどなあ。僕はiPadを探した。

「定期預金、1年、金利、と。お、ランキングだ。これでいい銀行探せば楽勝だな」

楽勝気分は1秒で吹き飛んだ。どの銀行も金利は0・1％や0・2％だ。しかも、これで特別キャンペーンとからしい。1万円預けて利子は10円か20円か。なんだこれ。今の世の中、「ふやす」なんて無理じゃないか。

僕は「お金のふやし方」と検索しかけてバカらしくなってやめた。しょうがない、金利は0・2％でいくか。僕のもうけはなしだけど、安すぎてどうでもいいし。

これ、ビャッコさんに勝てっこないよな。

8月

15時間目

低金利の真犯人は「市場の力学」

家庭科室のドアを開けたとたん、ふわっといい匂いが鼻をくすぐった。

「おお、サッチョウさん。そろそろスコーンが焼き上がるところです」

窓際の調理台からカイシュウ先生が振り返った。こんなでかいエプロン姿の人間を見たのは初めてだな。隣のビャッコさんは淡いピンクのTシャツに白のホットパンツで、そのままビーチに駆け出しそうな夏の装いだ。

「ビャッコさん、早めに来てたんだ」

「ちょっとカイシュウさんに聞きたいことがあって」

「ワタクシの子どもたちのことを話していたんです。何歳の頃にどんな学校に通っていたとか、そんな話。留学を考えているので参考にしたいそうです」

留学か。考えたこともない。なんだか少し、ビャッコさんを遠くに感じてしまう。

「さ、スコーンをつまみながらやりましょう。紅茶も淹《い》れました」

ティーカップから良い香りが広がる。実習用テーブルのお誕生日席にカイシュウ先生、その右手に僕、左手にビャッコさんが座った。スコーンはサクサクのほかほかで、ホテルのカフェと変わらないおいしさだった。僕はスコーンの皿からジャムを拾って紅茶に入れ、ロシアンティーにしてみた。うん、うまい。

「さて、さっそくお楽しみの対決といきましょう。こんなものを用意しました」

僕らはスケッチブックとちょっと太めのマジックペンを渡された。

「1万円を1年借りるとして、いくら金利を払うか。ずばり書いてください」

僕は1ページ目に「0・2%」と控えめに書いた。あらためて見ても残念な金利だ。

「用意はいいですか。では、いきます。せーの！」

くるり、とスケッチブックをひっくり返すとき、思わず目をつぶってしまった。

しばしの沈黙のあと、笑い声がはじけた。恐る恐る目を開けると、スケッチブックの上から顔を半分のぞかせたビャッコさんと目が合った。ニコニコした目の下には「0・2%」と大きな字で書いてあった。

「引き分けですか。これは興味深い。こんなビミョーで完璧な引き分けが偶然なわけがない。では、ずばり、ワタクシが謎解きしてみせましょう」

カイシュウ先生がエプロンのポケットからｉＰｈｏｎｅを取り出した。いや、小さいｉＰａｄか。手、でかすぎ。ブラウザの画面に出てきたのは、まさに僕が検索した預金金利のランキングだった。ビャッコさんと目が合うと、自然と笑みがこぼれた。

「商売でお金を増やすのが無謀なのは先刻承知だ。又貸しの相手を探すのも難しい。仕方ない、銀行に預金するか。ネットを検索したお二人は驚いた。こんなすずめの涙みたいな金利なら、自分の取り分はいらないな。0・2％で20円、丸々、欲張りなおじさんにくれてやろう。ま、こんなところでしょう」

僕らの拍手に、カイシュウ先生は立ち上がって舞台役者のように大げさな礼で応じた。

「実はお二人の手法と答えが似通ったものになるのをワタクシは期待していました。今回は合理性と理性がキーワードでした。お二人はちゃんと『かせぐ』の裏付けのない無理な借金を避けた。変な対抗心を燃やさず、理性を持って事にあたった。これは『かりる』や『ふやす』の基本です。欲張ったり意地を張ったりすれば、必ず目が曇ります」

僕らはスコーンをこりこりかじりながら耳を傾けた。

「この理性という土台の上にこそ、合理的な判断が成り立つ。お二人のとった手法は、ただのネット検索ではありません。それは立派に市場金利の調査になっています」

ここで市場の登場。ビャッコさんが「市場ってこの場合、何ですか」と聞いた。

「銀行が預金獲得を競い合う市場です。預金者は先ほどのようなランキングサイトを見たりして条件の良い銀行を選ぶ。これは一種の市場と考えてよい」

「でも、ほとんど差がないし、競争してもしょうがないような」

「いや、そこがポイントでもあるのです。たくさん銀行があるのに同じような金利なのはなぜか。わかりますか、ビャッコさん」

ビャッコさんは長考してから「これ以上払うと銀行が損しちゃうから」と答えた。

「イエス！　銀行は集めた預金を企業融資や住宅ローンに回します。そして、そちらにも市場、つまり競争がある。借りるほうはできるだけ安い金利で借りたい。貸すほうは高い金利を取りたいけど、欲張るとよその銀行に逃げられる。横にらみで競争しているうちに貸し出し金利は一定の水準に落ち着きます」

「お金を貸すときの金利にもそんなに差がないってことですか」

「そうです。取れる金利に差がないのだから、預金金利も大盤振る舞いはできない。つまりサッチョウさんが指摘した横並びの金利こそ、預金と貸出の両方で市場メカニズムが働いている証拠なのです」

あれ。でも変だぞ。ちょっとビャッコさんの前では聞きにくいけど。

「あの、だったら、どうしてすごく高い金利でお金を貸す商売が成り立つんですか」

「サッチョウさん、冴えてますね。貸し手の間に競争があって借り手に理性があれば、借金で身を滅ぼすなんてことは起きっこない。でも、現実には高利貸しに手を出して転落人生まっしぐらという悲劇は後を絶たない」

あの、あまり盛り上げないで。

「それはですね、市場が失敗しているからです」

「市場が？」と僕。「失敗？」とビャッコさん。

「そう。市場の失敗。市場というのは合理的な判断力を持った売り手と買い手が参加しないとうまく機能しない。高利貸しの場合、借り手はまともな判断力を失っています。これではまともな市場が成り立たない。貸し手は略奪的な金利を強要できる」

「そういう場合はどうしたらいいんですか」

「政府が介入するしかありません。上限金利の設定が代表例です。貸し手に借り手を厳しく審査させる手もある。無理な融資をすれば貸し手が罰を受けるようにする」

貸すも親切、貸さぬも親切、だな。

「で、これ、サッチョウさんとわたし、どっちが1万円借りるんですか」

「今回はノーコンテストとしましょう。勝ち負けなしの、貸し借りなし」

いつの間にかスコーンが消えた。大きいのを3つずつ。そこそこお腹にたまったな。

「さて、今回で『かりる』の基礎編は終わりです。次回は応用編。再び社会見学に出かけます。朝10時に北門に集合してください。ちょっと遠出するのでウチの人に帰りは夕方になると言っておいてください」

3人で洗い物をして、解散したのは昼前頃だった。

校門から出たとき、僕は思い切って「お昼ご飯、ウチでどう？」と誘ってみた。

「お昼は食べるって言ってきちゃったから、またの機会に」

これだけのことで、地の底に落ちるような気持ちになった。

「でも、少しサッチョウさんに聞いてみたいことがある。アイス買って散歩しよ」

一転、天に昇るような気持ちになり、次の瞬間、絶望した。財布持ってない……。

僕がポケットを探って焦っていると、ビャッコさんが「あ、わたし、ごちそうしちゃう。今月、お小遣い丸々残ってるし」と助け舟を出してくれた。

「ありがと。次は僕が何かおごるから」

「うん。でも、気にしないで」

ビャッコさんが学校前の文房具店兼駄菓子屋「イトブン」を通り越した。伊藤文房具店ことイトブンは、近所の小中学生のたまり場だ。僕の通った小学校は中学のすぐ隣だし、学区内のもう一つの小学校もそんなに遠くない。アイス買うんじゃないのかな、と思っていると、ビャッコさんは先の角を曲がってケーキ屋の「ノエル」に入った。

「今、ここの白桃杏仁《はくとうあんにん》アイスにはまってるんだ」

僕は「ノエル」に入るの自体が初めてだった。ここはちょっとお高いので有名なのだ。案の定、一番安いバニラバーで200円、白桃なんとかは300円もする。ごちそうしてもらうには高すぎる。どうしよう。

「同じのでいい？　おいしいよ」

僕はまた助け舟に飛びついた。情けない。軽く落ち込んでいるうちに、ビャッコさんは支払いを済ませて出口に向かっていた。僕は小走りで追いかけた。

お店から出て、僕らはすぐカップのフタを開け、スプーンですくってひと口食べた。

僕は「ンー！」と声にならない声を発した。ビャッコさんが「でしょ？　でしょ？これ、最高」と自分はぱくりとふた口目を食べて、とろけるような笑顔を浮かべた。

それはホントに、今まで食べたあらゆるアイスを凌駕《りょうが》する、とんでもないおいしさだった。夢中で数口食べてから、僕らは歩き出した。この先の公園まで、帰り道は同じ方向だ。

ビャッコさんが何気ない口調で「聞いてみたかったのはお父さんのこと。サッチョウさんの」と言った。僕は「はあ」と拍子抜けした声を漏らし、「あまり面白くないと思うけど、何でもどうぞ」と言った。

ビャッコさんは少しためらってから「お父さんと普段、話する？」と聞いた。

「そりゃ、するよ。ウチにいれば。消防士って泊まり勤務とか多いし、そんなしょっちゅうでもないかな。でも、まあフツーに話すよ」

「ご飯のときとかに？」

「テレビ観てるときとか、買い物のときとか、たまにサッカーやるときとか」

「そっか。仲良いね」

ビャッコさんはお父さんとあまり会話ないのかな。何となく聞きにくい話題だけど、
ふと、ビャッコさんは僕から聞いてほしいのかもしれないという気がした。

「ビャッコさんは、お父さんとあまり話さないの？」

ビャッコさんは、「うーん……」と低い声を漏らして、黙り込んでしまった。僕は、
気まずい沈黙を、溶けかけたアイスを食べて埋めた。こんなときでも、おいしい。

「最後に口きいたの、1年くらい前かな」

僕は思わず「ええ！」と大声を出してしまった。

「家が広すぎてなかなか出会わない、とか？」

我ながら間抜けなボケに口元だけの笑みが返ってきた。心なしかビャッコさんの目
の動きが硬くなっている。しばらくしてビャッコさんが口を開いた。

「去年の夏にウチのパチンコ屋さんで事件があったの、覚えてる？」

記憶をたどってみても何も出てこない。僕は首を横に振った。

「駅の向こうの大通りのお店の駐車場で赤ちゃんが亡くなったの。お母さんがパチン
コをやってる間に熱中症になって。テレビのニュースにもなった」

そんな事件があったような気もする。あれは「フクヤ」だったのか。

「そのお母さん、お金ないのに、ウチのローンの会社で借金して毎日みたいにパチンコをしてたんだって。ニュースで言ってた」

ここまで話してビャッコさんはまた黙り込んだ。僕もすぐには言葉が出てこない。

「あ、溶けちゃうね、アイス。早く食べなきゃ」

とりつくろうように明るい声でそう言うと、スプーンできれいに残りをすくい上げて、「やっぱり、おいしい」と小さな声で言った。

「その事件があったからお父さんと話をしなくなったの？」

今度の沈黙はこれまでで一番長かった。アイスを食べたせいか、真上から降り注ぐ夏の日差しをより一層きつく感じる。

「ビャッコさん、ちょっと公園寄ろうよ。あのクスノキの陰のベンチにしよ」

木陰に入ると、川の方角から吹く風に少しだけ涼しさを感じる。それでも真夏日の公園はあまりに暑すぎて、親子連れや遊ぶ子どもの姿も少ない。暑さに参ったのか、セミの声すらまばらだ。

「あのとき、お父さん、テレビに映ったの」

ビャッコさんがようやく口を開いた。口調はいつもと変わらなかった。いや、変わらないように努めているようだった。

「テレビの人が来て、お父さんにマイクを向けて、お店として責任はないのかって、聞いたの。そのとき、お父さんが」

　声がいったん途切れた。僕は待つことしかできない。

「お父さんは」

　風が一瞬だけ強まって、木々がざわめいた。

「お父さんは、お店としてはお客さんに注意したり、できるだけのことはやっています、あとは自己管理の問題です」

　木々のざわめきにかぶせるように、ビャッコさんは早口でひと息にはき出した。

「そう言ったの」

　風がやんだ。日差しが足元にクスノキの濃い影を落とす。時が止まったようだった。

「それをテレビで見た日、お父さんに、赤ちゃんはどうして死ななきゃいけなかったのって聞いた。パチンコなんてなければ、こんなこと起きなかったんじゃないって」

　ビャッコさんの声が少し震えていた。

「そしたら、お父さん、なんて言ったと思う？」

　ベンチに座ってから初めて、ビャッコさんが僕をまっすぐ見た。僕もしっかりと見つめかえした。

「たまたま運悪く、ウチの店だっただけだ」

　言い終わると、ビャッコさんの目から大粒の涙があふれ、次々に頬を流れていった。

大人の男の人なら、こんなとき、肩を抱いたり、頭をなでたりするんだろうか。僕には何もできなかった。ただ、話を聞くことしか、できなかった。

「それ以来、お父さんとひと言も話してない」

何もできない僕は、うつむき加減のビャッコさんの顔をずっと見ていた。

ビャッコさんは、顔をゆがめたり、しゃくり上げたり、泣き声を上げたりはしなかった。ただ、ずっと、涙が頬を流れては、あごの先からこぼれ落ちていった。

僕は、こんなときにこんなふうに感じるのは変だと考えながら、光っては落ちていく涙を、綺麗だな、と思った。

どれぐらいそうしていたんだろう。

ふいにビャッコさんが目を上げて、こう言った。

「ありがとう、サッチョウさん、一緒に泣いてくれて」

いつの間にか、僕の目からも涙が流れていた。


僕らはその後、無言のまま手を振って、公園で別れた。広場の時計を見上げると、もう2時になっていた。僕は水飲み場に寄って、顔をバシャバシャと洗った。頭の中で「サッチョウさんがうらやましかった」といういつかの言葉がぐるぐると回っていた。

16時間目

株式投資と「神の見えざる手」

「小1時間はかかるでしょうから、ざっと今日の見学先のことを説明しておきましょう。それともお二人、運転手そっちのけで愛を語らいますか」

いつもの軽口だけど、今日ばかりは微妙な気分だ。先週の公園の出来事が頭にちらついて、うまくビャッコさんと話せなくなっていた。僕らは返事もしなかった。

「おや、沈黙は金なり、ですか。では、雄弁は銀なり、で応じましょう」

カイシュウ先生がパネルを操作すると静かな音楽が流れた。ジャズかなんかだ。

「今日訪ねるのはワタクシのダニ時代の知人です。当時、彼もダニの一員でしたが、足を洗ってまっとうな金融ビジネスに転身しました。逃げ出したワタクシより勇気も根性もある、尊敬に値する人です」

久々に自虐ネタだな。僕は「じゃあ、今日は銀行に行くんですか」と聞いた。

「銀行ではなく、資産運用会社です。投資信託《とうししんたく》という商品を一般の投資家に提供しています。資産運用はまさに『ふやす』そのものです。お客さんからお金を預かり、企業の株式に投資して『ふやす』を代行するのが彼の仕事です」

「預けたらお金が増えるって、銀行預金みたいな感じですか」

「似ています。違いは預ける時点でどれぐらいお金が増えるかわからないところです。運用に失敗すればお金が減ることもあります」

「投資ナントカっていうのは、何ですか」

ビャッコさんが会話に加わった。少しほっとする。

「投資信託。信じて託する、と書きます。略して投信。世界中でポピュラーな運用商品です。これから会う高山さんは投信の運用会社をゼロから作りました。お客さんは個人投資家、つまりフツーの人たちです。彼のすごいところは、会社を作ったのがリーマンショックの直後だったことです」

「カイシュウさんはそれをきっかけに仕事をやめたんですよね」

「そう、金融危機のショックでワタクシは逃げました。彼らは違う答えを出した。もっと世のため人のためになる金融の姿があるはずだと会社を起こした」

おお。それはたしかに、かなりカッコいいな。

「これはお二人の想像する以上に大変な決断でした。世界恐慌寸前の危機のさなかに震源地の金融の世界で新会社を作るなんて正気の沙汰ではない。しかも参加したメンバーは業界では名の知れた優秀な人たちでした。高い報酬と安定した地位をなげうって新ビジネスに賭けた。素晴らしいチャレンジ精神です」

「カイシュウさんはそういう会社を作ろうとは思わないんですか」

「そのうち何かやるでしょうけど、もうしばらくは無職のつもりです」

「いや、このクラブの顧問やってるから無職じゃないでしょ」

「これ、無報酬でやってますから、気分は無職ですね」

そうなのか。なんで報酬もなしでこんなことやってるんだろ。何となくモヤモヤしたけど、会話はそこで途切れ、ベンツは高速を降りて町中に入っていった。


石畳の上を歩きながら、僕は違和感に戸惑っていた。銀行みたいなオフィスビルを想像していたのに、ここは旅館か何かにしか見えない。石畳に沿ってツツジの植え込みがあり、玄関前には松が低く枝を張っている。奥には鯉《こい》が泳いでいそうな池も見える。ビャッコさんも不思議そうに周りを見ている。玄関に着くと、白い木枠の立派な引き戸が開け放してあった。

カイシュウ先生が「ごめんください」と首を突っ込むような格好で声をかけた。

「やあやあ、遠くから、ようこそ。さ、上がってください」

笑顔で出迎えてくれたのは、40歳くらいの銀ぶち眼鏡をかけたおじさんだった。襟《えり》だけ水色の、ちょっと変わった白いワイシャツの袖《そで》をまくっている。

「すいませんね、お忙しいところを」

「いや、ウチは社長が一番暇だから。ほかの連中はあちこち飛び回ってますけどね」

「木戸隼人といいます。今日はありがとうございます」

「福島です。お邪魔します」

「高山です。ツリーリングス投信の社長をやってます」

僕らは縁側のある和室に通された。庭に面した板張りのスペースに、籐《とう》で編んだ椅子が4つとガラスのテーブルが並んでいる。

「さ、かけてかけて。今、冷えた麦茶を持ってきますから」

お茶を待つ間に僕は部屋を見回した。10畳ほどの座敷に置かれた木製の事務机の上にノートパソコンが2台並び、その隣にはホワイトボードがある。妙な感じだ。

「ちょっと変なオフィスでしょ。高山さんのユニークさが出てますね」

ちょうど戻ってきた高山さんが「誰が変人だって？」と笑いながらお茶を配ってくれた。僕らは喉《のど》を鳴らして冷たいお茶を流し込んだ。今日はこの夏一番の暑さだな。

「移って5年くらいですか。都心から離れたって問題なかったでしょ」

「むしろプラスが大きいですね。やるべきことに集中できる。ご助言通りでした」

「いや、でも、まさか、こんな掘り出し物をみつけるとはねえ」

「たしかに、掘り出し物でしたねえ」

二人でひとしきり笑ったあと、高山さんが「ここは老舗《しにせ》の旅館だったんですよ。跡継ぎがいなくて売りに出ていたのを買い取って、事務所にしちゃったんです」と説明してくれた。

「壁紙や畳なんかは綺麗にしたけど、あとはほとんどそのまま使ってます。5人の小さな会社ですからスペースは十分だし、非常に快適です。でね、東京から脱出して田舎に引っ越せと勧めてくれたのは、このビッグヨーダだったんですよ」

「びっぐよーだ？」

あ、ハモった。カイシュウ先生は目をキョロッと上にやってニヤニヤしている。

「ヨーダは、『スター・ウォーズ』のジェダイの騎士の師匠の、あのヨーダね。江守さんは桁外れの長身と先見《せんけん》の明《めい》から、業界ではビッグヨーダと呼ばれてたんです。今日はビッグヨーダが自慢の若きジェダイを連れてくるっていうんで楽しみに待っていました」

ビャッコさんと目が合う。ビッグヨーダの弟子、か。悪くないかも。

「さて、いきなり本題に入ってもいいんだけど、木戸くんと福島さんは、ウチの会社や資産運用のこと、どれぐらいわかってるのかな」

「サッチョウさんとビャッコさん、です。木戸、福島というのはジェダイの修行に入る前の俗世《ぞくせ》の名前です。ちなみにワタクシはカイシュウさんです」

高山さんは「ずいぶん時代がかってるな。ジェダイの騎士ってより、維新の志士って感じだ」と楽しそうにもみ手をして、「では、グランドマスターカイシュウ、どこから始めたらいいですかね」と言った。

「車中でポイントは説明してあります。お二人はとても聡明です。いきなり高山さんたちの普段の仕事ぶりを説明してもらって結構です」

高山さんが口元に笑みを浮かべて僕らを交互に見た。値踏みされてる気分だ。

「じゃ、いきなり全開でいきますか。ウチの会社の仕事は、お金を預けてくれているお客さんの代わりに日本中からいい会社を探して投資することです。ある程度の規模の企業は株式ってのを発行している。株式はその会社の経営や利益分配にちょっとだけ参加できる権利です。誰でも株式を買える企業を上場《じょうじょう》企業と言います。場に上がると書いて上場。企業が株式市場というオープンなステージに上がっているわけです」

ビャッコさんがノートにメモを取り出した。僕もあわててノートを開いた。

「今、ウチは30社ぐらいの株式を持っています。投資した会社がもうかると、株式市場で株価が値上がりしたり、配当という利益の何割かを株主に配るお金が増えたりして、株主、つまりウチのお客さんがもうかる。そういう仕組みです」

ここで高山さんが扇風機のスイッチを入れた。正直、こう暑くっちゃ、熱気をかきまぜているだけみたいな感じだ。

ビャッコさんが「投資する会社はどうやって選ぶんですか」と質問した。

「まずはデータの徹底分析です。もうかっているか。売上高の増えるペースはどうか。借金は多すぎないか。本番はこのデータ分析のあとです。有力候補を絞り込んで、今度は会社の中身を根掘り葉掘り調べます。どこで何を作って、誰に売ってどうやってもうけを出しているか。これは手間がかかるけど、私が大好きな楽しい作業です」

高山さんは話しながら事務机の下から重そうな紙袋を一つ引き寄せた。

「これは医療や介護用のベッドを作っている会社の調査資料です」

紙袋から数字やグラフがびっしり詰まった資料が出てきた。ざっと少年ジャンプ4冊分ぐらいあるな。僕はちょっと疑わしげに「これ、全部、読んだんですか」と聞いてみた。高山さんが「いや、サッチョウさんのご想像通り、私は全部は読んでません」と笑った。

「ウチには二人、アナリストという調査専門の担当がいます。この会社を狙ってた久保田さんは、全部目を通して、こういうモノを作ってチームのみんなに説明してくれるわけです」

高山さんがノートパソコンを開くと、数字やグラフがたくさん出てきた。

「これはこの会社の未来を予想したものです。企業は3カ月ごと、あるいは年1回といった頻度で決算という現状報告を出します。でも、将来についてはせいぜい今年の見通しか、向こう3年の計画ぐらいしか示さない。私たちはもっともっと先、具体的には20年後の未来を予想しています。もちろんこれが当たるか外れるかはわからない。それでも、未来予想図を描いてベストの投資先を選ぶのが我々の仕事の一番大事な部分なんです」

高山さんが「未来予想のために、こんな材料も集めます」とパソコンを操作した。水色の作業服にネクタイという変な格好のおじさんの動画が出てきた。

「これはこのベッド会社の社長さんです。私たちは投資をするか決める前に、必ずその会社のトップ、社長や創業者に直接、話を聞くようにしています」

カイシュウ先生が「ちなみに投資先の全部の社長に会いに行くのは、運用業界では普通のことではありません」と補《おぎな》った。

画面が切り替わって、今度は吹き出しの形のコメントがいっぱい並んだ画面が出てきた。

「これは投資する会社の周辺取材のまとめです。その会社の取引先、出入り業者、ライバル企業の幹部などなどツテをたどって話を聞きまくります。工場の従業員の行きつけの飲み屋に内緒でもぐり込んで聞き耳を立てたりもします」

「再びちなみに、こんなことまでやるのはトンデモなく普通ではありません」

「ここまで徹底的に調査して、実際に投資するのは数社に1社ぐらいですね。日本には上場企業がだいたい3000から4000ぐらいあります。そこから約30社を選ぶ。合格率1%の狭き門です」

「未来予想図を考えるのが一番大事って話してらしたのは、どうしてですか」

ビャッコさん、すごく話にのめり込んでるな。

「うん、それはね、これはちょっとおこがましい言い方なんだけれど、我々の仕事が、神様のお手伝いだからです」

僕らが「神様？」と綺麗にハモったのをカイシュウ先生がニヤニヤして見ている。

「そう。きみたち、『神の見えざる手』なんて言葉、聞いたことないかな」

僕らは目を合わせて、そろって首をかしげた。

「アダム・スミスという昔の学者が使った、市場というものの絶妙な働きを表した有名なフレーズです。彼は単に『見えざる手』と書いたんだけど、その『手』があまりに神がかった素晴らしい仕事をするので、いつからか『神の』とオマケがついてしまった」

神の見えざる手、か。必殺技っぽくて、やたらカッコいいな。

「市場ってのはご存じの通り、売り手と買い手が出会う場所だよね。売り買いされるのは果物だったり、車だったり、パンだったりする。そうした市場に乗っかるモノの中で、私は資本こそが長い目でみて一番大事だと思っているんです」

「資本って何ですか」

「ビジネスを動かすための元手、と言えばいいかな。私たちが会社に投資すると、それはその会社の資本になる。会社はそれを元手に工場を建てたり、材料を仕入れたり、人を雇ったりする。そして元手以上の富を生み出して投資家や従業員や社会に還元する。そのお金がまた世の中に回って、一部がまた資本にも化けて、だんだん世界が豊かになる。単純化すると、この富の再生産のサイクルが資本主義の基本的なメカニズムです」

元手がなければ商売はできない。その元手を貸すのが投資家ってことだな。

「お金がいるなら、銀行から借りてもいいですよね」

「ビャッコさん、鋭いですね。でも、借金には返済期限があるから、それで工場を建てたりお店を作ったりすると、ある程度の期間でちゃんともうけて利息もつけてお金を返さないといけない。もうかるまでに時間がかかるビジネスだと、これは厳しい」

借金で商売ってのが厳しいのは、宿題のおかげでよくわかる。

「我々が投じる資本は、企業にとっては自己資本といって、原則、返済しなくてもいいお金なんです。配当を出さなければ年間でいくらというコストもかからない。だから、工場や土地などのずっと使うモノや、長期の人材育成や研究開発に安心してじっくりと投資できる。企業はこの自己資本と借金をバランス良く組み合わせてビジネスを回しています」

　ビャッコさんはノリノリで目を輝かせている。僕は少し考える時間がほしくなっていた。それに、ロシアンティーとは言わないが、何かこう、ほら、糖分を補給しないと。

「高山さん、へなちょこなほうのジェダイのために、ちょっとひと息入れますか。手土産の水ようかん、ぼちぼち冷えてるでしょ」

　高山さんが僕のピンぼけ気味の顔を見て、「ちょっと中学生にはヘビーだよね。では、マスターカイシュウの指導に従って、リフレッシュしましょう」とにっこり笑うと、キッチンから温かいほうじ茶の入ったポットとカップ入りの水ようかんを4人分、お盆にのせて持ってきてくれた。そして率先して水ようかんの封をきって、ぱくりと食べ、「これは良い餡《あん》を使ってますねぇ」と頬を緩めた。甘党かな。

「さて、資本ってなんだってところまで話したのかな。で、私たちの仕事はこの極めて重要な資本の配分に直接関わるわけです。会社はいろんなところから資本を調達しているので、ウチが投資しなくてもすぐに困るわけじゃない。でも、投資家みんなにそっぽを向かれたら新しい工場を建てようと思っても資金が集まらない」

　なるほど。投資家に嫌われたら会社を大きくできないんだな。

「だから、資本がほしい企業は我々のような投資家から資金を出してもらおうと努力している。そして私たち投資家側はできるだけ良い企業を探してお金を最大限に増やそうとしている。この両サイドの努力が市場で出会うと、奇跡が起こるのです」

高山さんの声に力がこもる。しかし、奇跡、とは大きく出たな。

「奇跡というのは、硬い言葉で言うと最適な資本配分が実現される。柔らかく言うと、みんなをハッピーにできる良い会社に必要なお金が行き渡って、投資した人もお金が増えてハッピー、企業も従業員も社会も、世の中全体みんなハッピーになる。そんな感じです」

僕らは顔を見合わせた。ビャッコさんの口が珍しくポカンとあいている。と思ったら、自分の口もポカンとあいたままだった。高山さんが「ありゃ。ちょっと熱くなって飛ばしすぎたかな」と頭をかいた。カイシュウ先生が「そのようで」と笑い、

「ちょっと補足しましょう」と身を乗り出した。

「ポイントは、この資本を巡る市場に参加している企業や投資家は、極端に言うと自分の利益だけを追求していることです。企業は資本を手に入れて事業を大きくしたい。資本の出し手である投資家は良い会社の株式を買ってもうけたい。そういう企業や投資家が集まって、それぞれ自分の利益を最大化するために努力している」

カイシュウ先生が間をとって、僕らがうなずくのを待った。

「企業は資本がほしいから、より良いビジネスを持った、より良い会社になろうとす

る。そして投資家を納得させるため、経営内容を外部に説明するようになる。これはとても大事なことです。創業者や社長なんてのは、放っておくと独裁者になって暴走しがちです。株主が監視するとそれにブレーキがかかる。投資家が経営のチェック役になるわけです。投資家も大事なお金がかかっているから必死です。良い投資先を血《ち》眼《まなこ》で探し、ダメな会社をなんとしても避けようとする。スパイまがいのことまでやってね」

高山さんが「秘宝を求める探検家、ぐらいにしておいてよ」と苦笑した。

「この両サイドの営みの結果、資本を得られるのは、ちゃんともうけられる会社、つまり世の中を豊かにする会社に絞られる。繰り返しますが、両サイドにあるのは極論すれば自分の利益に対する欲だけです。なのに、ちゃんと良い会社に、しかるべきお金が流れ込む。まるで神様が天上から操ったように、ベストの結果が市場を通じてなし遂げられる。こんな市場の妙技をアダム・スミスは『神の見えざる手』と呼んだのです」

長い間があり、僕らはじっくりと考える時間をもらった。

水ようかんを食べおえた高山さんが、ほうじ茶で喉を洗って引き継いだ。

「これが無理を承知で我々が未来を予想する理由です。それは、お客さんのお金をちゃんとふやすためにも不可欠なんだけど、大きな視点で見ると、日本という国の中で良い企業が育つよう応援する役割が我々にあるからなんです。神様のお手伝い、なんて大げさなことを言った理由、わかってもらえたかな」

僕の頭の中には、今まで思ってもみなかった世の中の仕組みがぼんやり浮かんできていた。そんなふうになってたのか。面白いなあ、としみじみと思ったそのとき、場の静寂《せいじゃく》をやぶるようにお腹が盛大に鳴った。みんながいっせいに僕を見て爆笑した。

高山さんが「お任せあれ、そばを打ってあるから」と席を立った。ビャッコさんが笑顔で「わたしもお腹ぺっこぺっこ」と言った。だよね。水ようかんじゃ、足りないよね。

食堂のテーブルには、どっさりとそばを盛った大きなざるが二つ並んでいる。その間には鮮やかなトマトの輪切りをのせた大皿があって、きざんだシソの葉がふりかけてある。やたら涼しげで、やたらうまそうだ。高山さんは、めんつゆの入った容器を順に僕らに手渡しながら、「自慢の手打ちそばです。召し上がれ」と言った。

そばはよく冷えていて、食感もつゆの濃さもなんとも絶妙だった。

「相変わらずの腕前ですね。お店出せますよ。運用会社なんてやってる場合じゃない」

「ほんとね、そば屋やったほうが、もうかりそうだ」

「そろそろ黒字は見えてきましたか」

高山さんがぶんぶんと首を振って、「それがね、逃げ水のように遠ざかっていくんですよ。ちょっと余裕ができると、また調査にお金かけすぎちゃったりしてね」と笑った。

ビャッコさんが「会社、赤字なんですか」と聞いた。直球ど真ん中だなあ。

「ウチはお客さんから100万円預かると1年で1万5000円ほど報酬をもらえるんだけど、まだ規模が小さいから赤字です。来年には黒字になると信じているんですけどね」

カイシュウ先生が「成績は抜群だから資産は順調に増えています。でも、相変わらず大口はお断りなんでしょ」と口を挟み、高山さんが「まあ、やせ我慢でね」と笑った。

「大口って、たくさんお金を預けてくれるお客さんですよね。断っちゃったら損な気がするんですけど」

「そういうお客さんは、解約するときも大口になっちゃう。そうすると、持ってる株式を売ってお金を返さなきゃいけない。私たちは20年でも30年でも腰を据えて投資できる会社を選んでいるので、そういうドタバタしたお金とは相性が悪いんです」

「シャイな高山さんに代わって答えると、目先の利益より哲学を優先しているわけです」

高山さんは、いやいや、そんなおおげさなことじゃ、とか言いながら、照れくささうにそばをたぐった。

昼食の後、高山さんは1時間ほどかけて投資先の会社を説明してくれた。途中、工場見学に行った食品トレーの会社が出てきて、ビャッコさんが「あ、ここ、知ってる」と気づいた。高山さんは「こりゃまた渋い銘柄を知ってますねえ。ここはほんとにいい会社ですよ。我々の最初の投資先の一つです」と嬉しそうに笑った。


カイシュウ先生が玄関先で「高山さん、今日はありがとうございました」と改まった口調で頭を下げた。高山さんが「こちらこそ将来有望なジェダイと知り合えて光栄です。特にビャッコさん、運用会社に興味を持ってくれたようで、嬉しいですね」と言った。

僕は正直、ちょっとついていけないところもあった。少し置いてきぼりにされた気持ちで辺りを見回したとき、玄関の上の大きな木の板が目に入った。数え切れないほどの年輪の立派な板の右下に、控えめな緑色で何か書いてある。僕は「これ、看板ですか」と聞いた。

「ええ。創業時からのお客さんで林業を営んでいる方がいてね。オフィス移転のときに招待したら、後日、樹齢300年ぐらいのヒノキからとったこの板をお祝いに送ってくれたんです」

「そこにちっちゃく書いてある英語が、社名ですよね」

「そう。ツリーリングス。年輪って意味です」

ものすごく社名にピッタリな看板だな。

「年輪を重ねるようにじわじわとお金を育てよう、という高山さんの哲学が由来です」

高山さんは、いや、ちょっとキザですよねえ、まだ赤字だし、と照れ隠しのようなことを言いながら、石畳の出口まで送ってくれた。僕らは順に握手して別れた。

蒸し風呂状態のベンツはしばらく窓を開けて走った。ビャッコさんは窓の外を見て何か考えている様子だ。高速道路に乗り、工場がパラパラと並ぶ郊外にさしかかった。いつもなら見過ごすそんな風景を眺めていたら、雲の上から、いくつもの透明で大きな手が、工場の上に札束を握って舞い降りていくのが見えるような気がした。

17時間目

貧富の格差が広がる理由

ダム、ダム、ダム。体育館にドリブルの音が響く。巨体がのっそりと駆けだす。

「ガコンッ！」

高く掲げた右手がリングを叩き、ボールがネットをくぐって床に勢いよく跳ね落ちた。

僕が「すげえ！」と叫び、ビャッコさんも「すごい！」と歓声を上げた。カイシュウ先生がボールを拾って戻ってくるのを待って、僕ら3人はハイタッチをかわした。

「いや、届いてよかった。おじさんになると、悲しいほどジャンプ力が衰《おとろ》えるんです」

「いいなあ。ウチのチーム、センターでもリングにギリギリ手が届くぐらいかな」

「サッチョウさん、バスケ部ですか。後輩ですね」

「小学校ではフォワードだったけど、今はガードです」

「ワタクシは学生時代、万年センターでした。身長はコーチできない、なんて言葉もありますし、宿命ですかね。さ、余興はおわり。舞台裏に黒板がありましたね。お二人はパイプ椅子の用意を」

今朝、職員室前に集合したとき、カイシュウ先生に「どこかご希望の場所はありますか」と聞かれ、僕は「屋上」と即答した。ビャッコさんがそれを「熱中症になっちゃうよ」と即座に却下して、「3人きりで空調を使うのはエコじゃないから体育館にしましょう」と提案したのだった。

実際、開け放ったドアから時折風がふわりと入り、真夏日とは思えないほど体育館の中は快適だった。広い舞台の真ん中で黒板に向かうと、劇のワンシーンを演じているような緊張感がある。たまにはこういうのも悪くないな。

「今日はこの広々とした舞台にふさわしい重要テーマです。地主は『かせぐ』か『もらう』か『ぬすむ』か。我々が培《つちか》ってきた知見を総動員します。覚悟はいいですか」

カイシュウ先生が僕らを交互に見た。僕らはきっぱりとうなずいた。

「その意気や良し。では最初に質問です。地主とは何か。サッチョウさん、どうぞ」

これはまた直球だな。直球すぎて、答えにくい。

「えー。土地や家をたくさん持っている人。先祖代々、それを引き継いでいるイメージかな」

「オーソドックスですね。ではビャッコさん」

ビャッコさんはかなり長い間うつむいて考えてから、「わたしにとっては、地主というのは、祖母そのものです」と切り出した。

「祖母はこの町の何割かという不動産を管理しています。祖父が亡くなってから、ずっとそうだと思います。普段は音楽や読書が好きな穏やかな人です。でも、お金と土地の話になると話し方から表情までがらりと変わります。なんと言うか、反論を許さないコンピューターみたいな」

それは、すごいな。いつもニコニコしてるウチのお祖母ちゃんとは大違いだ。

「いつ、そんなお祖母さんの姿を見たんですか」

「不動産関係の会社の人が定期的に報告や相談に来るんです。年に何回か、わたしと兄がその場に同席します。黙って聞いていなさい、と言われて」

「一種の英才教育ですね。で、普段と違うお祖母さんに接して、ビャッコさんは地主とはどんなモノだと思ったのですか」

ビャッコさんは眉間に深くしわをよせて、じっと考え込んだ。ようやく口から出てきたのは、「わかりません」という自信なさげな答えだった。

「感じるのは、祖母はまるで小さな王国の女王のようだな、って」

女王、か。自分の身内を女王だと感じるって、想像もつかないな。

「会社の人たちが祖母の前で緊張しているせいだけじゃないんです。祖母が『この町』と口にするとき、自分の領土だとでも言うような、独特の響きがあるんです」

ビャッコさんは眉間のしわを深くして、「とても嫌、なんです。そんなときの祖母が」と言うと、ぐっとあごを上げ、カイシュウ先生を見上げた。

「だって、たまたま先祖が田舎の土地を持っていて、そこに電車が通ってたくさん人が住むようになって、働いてお家賃を払ってくれて。早いモノ勝ちで場所取りしただけなのに、王様みたいに偉そうにするのって、おかしい。土地なんてもとは誰のものでもないし、先祖代々の土地を引き継いだだけなのに、女王様みたいに威張って。感じ悪い」

一気にまくし立てた後もビャッコさんの眉間のしわは消えなかった。僕にはいまひとつ、ビャッコさんの気持ちがつかめない。土地なんかを自分で持つことすら実感がわかないし。

「いきなり核心に突入しましたね。ビャッコさんの嫌悪感は正当か、ここは慎重に歩を進めましょう。最後には必ず、地主とは何か、にたどり着きます。ついてきてください」

僕が「はい、グランドマスター」とヨーダネタを蒸し返すと、ビャッコさんも「はい、マスターカイシュウ」と笑顔で返事した。カイシュウ先生が肩をすくめた。

「では、最初の手掛かりです」

黒板に磁石でとめられたのは、よくあるマンションの広告だった。「駅徒歩8分」「築

10年リフォーム済み」なんて文句が間取り図と一緒に並んでいる。

「チラシによりますと、この物件の価格は3000万円です。ここで問題。この中古マンション、借りたとしたら、家賃は月々いくらぐらいでしょうか」

ビャッコさんが「10万円台、だと思います」と答えた。そうなのか。

「正解。この辺りで駅から徒歩圏の家族向けマンションはだいたい十数万円、ちょっと安めの物件で10万円弱が相場です。ここで視点を地主側にひっくり返します。仮に家賃が月15万円とすると、年間で180万円。家賃収入の利回りは年6%です」

家賃15万円 × 12カ月 ＝ 180万円
年間家賃収入 ÷ 投資金額 ＝ 利回り
180万円 ÷ 3000万円 ＝ 6%

僕は思わず「銀行預金より、ものすごく良さそうに見える」と言った。

「一見、そう見えますが、そう甘くはない。まず地主の実際の利回りはもっと低い。固定資産税という不動産にかかる税金で家賃の1カ月分くらいは持っていかれます。維持費もかかる。貸している間に壁紙や畳、ふすま、水回り、なんでもかんでも傷《いた》む。それだけじゃない。銀行預金は元本《がんぽん》保証付きですが、マンションには値下がりリスクがある。買って5年経てば築10年のマンションは15年物になり、人気は下がる。景気が悪くなってマンションを買いたい人が減ってしまうかもしれない。3000万円で買った物件が2000万円でしか売れなくなることだってあります」

家賃……180万円　×　5年　＝　900万円

売却損…3000万円　－　2000万円　＝　1000万円

合計家賃900万円　－　売却損1000万円　＝　マイナス100万円

ありゃ。トータルでマイナスになっちゃった。

「売買や管理に絡む費用を考えたら損失はもっと大きくなるでしょう。ただし、逆に買ったマンションが値上がりすることもあります。今の例なら、4000万円に値上がりすれば、家賃の900万円にプラス1000万円の売却益が出ます。問題はどっちに転ぶか予想がつかないことです。だから、マンションを買うのは不確実な未来に賭ける、つまりリスクを取る行為だと言えます」

しかも何千万円ものお金をかけて、か。怖いな。

「絶対損しないけど、もうからない銀行預金。損するかもしれないけど、もうかるかもしれないマンション購入。ちゃんとバランスがとれていると思いませんか」

「リスクを我慢しないと、もうけるチャンスもないってことですか」

「さすがビャッコさん。さて、ここで高山さんを思い出してください。彼の会社の投資信託は、ある絶好調の年に100%以上値上がりしたことがあります。預けたお金が1年で2倍になった。でも、どんなに良い会社を選んでも、市場全体が絶不調になれば損が出るのが株式投資の常です。実際、最悪の時期には1年で5割近い損が出たこともあります」

大事なお金が2倍になったり半分になったりじゃ、落ち着かないよな。

「ここで『リターン』という専門用語にご登場願います。日本語の『もうけ』に当たる言葉です。さまざまな『ふやす』のリスクとリターンにはこういう関係があります」

銀行預金　ローリスク　↓　ローリターン
不動産　ミドルリスク　↓　ミドルリターン
株式　ハイリスク　↓　ハイリターン

ふむ。煎じ詰めると、世の中甘くないってことか。

「このリスクとリターンの関係はいろんな場面でみられます。たとえばバスケ。ゴール下のシュートは2点、リスクを取って遠くからシュートすればスリーポイントです」

僕らは舞台からコートを見下ろした。あのラインはリスクとリターンの線引きなのか。

「さあ、7号目あたりまで来ました。もうひと息です。サッチョウさん、高山さんの会社のお客さんは、大きなリスクを取って株式に投資して良いリターンを得ています。この投資は『かせぐ』と『もらう』、どちらだと思いますか」

ここは「かせぐ」と答える流れだけど、このおじさん、ひっかけ問題が好きだからなあ。モヤモヤしかけたとき、ふと「神様のお手伝い」という高山さんの言葉がよみがえった。頭の中の霧《きり》が晴れ、突然視界が開けるようなひらめきが起きた。そして、気づいたら「『かせぐ』になると思います」と口が動いていた。

「おお、ここで即答ですか。理由は」

「まとまってないんですけど……頭に浮かんだのは神様のお手伝いって言葉です」

カイシュウ先生の顔から笑みが消え、少し驚いた表情になった。

「投資する会社を真剣に選ぶのが神様のお手伝いだって言うなら、それにお金を出して参加するのは『かせぐ』ってことで良さそうだ、と思いました」

うん、そうだ。神様の仕事が「もらう」じゃ情けないよな。

「いやいやいや、今のはすごい。高山さんの高度な話をちゃんと消化して『かせぐ』

につなげた直感と、直感に身を委ねて即答したこと、全部、すごいです」

ビャッコさんがうなずいているのが視界に入る。僕は顔が上気するのを感じた。

「これまで学んだことがサッチョウさんの中で実を結びつつあるようですね。今の感覚を忘れないでください。知識と情報の裏付けのある直感は恐ろしく正確です。7割から9割は正解を導き出すとも言われます。準備不足の直感はただの思いつきですけどね」

ビャッコさんが親指をぐっと上げてみせた。僕も同じポーズを返した。

「少々蛇足《だそく》を加えます。世界の富を増やす人、数字で言えば平均以上のGDPを生み出す人、これが『かせぐ』でした。『ふやす』に同じ尺度を当てはめる。株式投資は時に大きな損を被っても、長期では高いリターンが期待されます」

そうじゃなきゃ、やってられないよな。

「この投資家の『ふやす』の裏側には、企業の『かりる』がある。投資家から借りた資本を元手に企業は事業を広げ、投資家に利益の分配をもたらすわけです。株式投資が高いリターンを生むのは、企業が資本を使って『かせぐ』に値する富を生み出すからです。市場経済の主役は企業です。リスクを取って企業に大事なお金を投じる投資家は経済成長を支える陰の主役です。投資でもうけたいだけであっても、それが世のため人のためになる」

まさに、神の見えざる手、だな。

「経済への貢献を考えれば、これは『かせぐ』に当たるとワタクシは確信します。現実に汗水垂《あせみずた》らして働くのは企業、つまりそこで働く人たちです。そして、大事なお金を失うリスクにヒヤヒヤしながら脂汗《あぶらあせ》をかくのが投資家たちの役回りです」

僕なら、同じかくなら、すかっとした汗のほうがいいな。

「同じ文脈で不動産投資、マンションや一戸建て住宅、オフィスビルの賃貸ビジネスを考えます。こちらもリスクがつきものです。思ったような家賃が取れないかもしれない。不況でオフィスの借り手がつかないかもしれない。物件が値下がりするかもしれない。それでも税金や維持費などコストはかかる。大家さんも楽じゃないのです。しかし、だからこそ、という理屈が成り立つことを我々は今、学びました。ビャッコさん、何でしたか」

「リスクを取らないと、もうかるチャンスはない」

「そう。それは、リスクを用心深く取れば見合った見返りがあるという意味でもある」

苦労するのにもうからなかったら、誰もやらないよな。

「不動産市場にも神の見えざる手は働いています。どこそこの駅から歩いて何分、築何年くらいなら、これぐらいの家賃、という相場が自然と出来上がっている。家賃に働く市場メカニズムは不動産を売買する市場にも波及します。高い家賃が取れそうならマンションは値上がりするし、逆なら買い手がつかず、値下がりします」

神様って、あっちもこっちも忙しいな。

「さて、サッチョウさん、冴えてるところでもう一問。地主は『かせぐ』と『もらう』、どちらか」

ビャッコさんは以前、地主は「かせぐ」人たちから家賃をもらうのだから「もらう」だと思うと言っていた。

でも、果物屋さんだって床屋さんだって、みんな誰かのお給料からお代をもらってる。その調子じゃなんでもかんでも「もらう」になっちゃう。

なんだけど、地主って、働いてないというか、楽してる感じがするのも確かだ。難しいな、これ。

「今度は迷ってますね。では、ここでは地主さんは先祖代々の土地ではなく、自力で投資した不動産から家賃収入を得ていると考えてみてください」

それって地主っぽくないな、と思いつつ、僕は「それなら『かせぐ』になると思います」と答えた。ビャッコさんは首をかしげている。

「単純に考えて地主さんはもうかります。家賃が月に何百万円も入ってくるような人が『かせぐ』に入らないのはおかしいと思います」

「なるほど。ビャッコさん、ご意見を」

ビャッコさんは「それは……計算上は、たくさん不動産を持っていればサッチョウさんの言う通りだとは思います。でも……」と口ごもった。

「らしくない歯切れの悪さですね。なぜスパッと論理的に考えられないか、理由は想像できます。そして、それは問題をはき違えているからだとワタクシは考えます。あるいは別々に考えるべき問題をごっちゃにしている」

しばしの沈黙。ビャッコさんは五里霧中《ごりむちゅう》という表情だ。

僕が「あの、さっきのケースで」と口を開くと、二人がこちらを見た。

「僕の中では、その地主さんは自分で稼いだお金でマンションを買って人に貸してるって考えたんです。それなら、大事なお金でけっこうなリスクを取るんだから、『かせぐ』ぐらいもうからなかったら、やってられないんじゃないかなって。でも、これがたとえば遺産かなんかでもらったマンションの家賃でリッチになっちゃうって考えると……」

僕はビャッコさんをちらっと見てから、「モヤモヤします」と付け加えた。

カイシュウ先生が声を上げて笑い、「ビャッコさんもモヤモヤしますか」と聞いた。

ビャッコさんがコクンとうなずいた。

「それが罠《わな》です。我々の磨《みが》いた物差しを振り返りましょう。『かせぐ』は富の増大に人並み以上に貢献する。これに尽きます。そして株式や不動産などの投資のリスクを引き受けることは紛れもなく富の増大に貢献します。この物差しだけをしっかり握り締めて当てはめれば、結論は『かせぐ』になるとワタクシは信じます」

ここまでは、モヤモヤなし、だな。

「でも、何かモヤモヤする。それは、お二人がその裏側に経済的な不平等、貧富の格差という別の問題を敏感に嗅《か》ぎ取っているからだと推察します」

そう、そうなんだ。なんか不公平な感じがするんだ。

「なぜなら株式や不動産への投資、この『かせぐ』につながる道は、十分な元手を持っている人、つまり、ある程度のお金持ちにしか開かれてないからです」

カイシュウ先生はずばりと言い切ると、黒板に大きな字で短い数式を書いた。

$$r > g$$

何だこれは。ｒはｇより大きいって意味だろうけど、さっぱりわからない。

「これはピケティという経済学者が示した不等式です。彼の衝撃的な仮説は世界中で大論争を起こしました。その核心がこの式です。ｒは資本収益率、株式や不動産への投資のリターンを示します。ｇはグロースの頭文字で経済成長率です。ピケティはいろんな国のデータを調べて、長い目でみると、経済全体の成長より投資でもうかるペースのほうが早いと主張しました」

今度の間は長い。正直、助かる。僕の頭は微妙についていけていない。

「これが何を意味するかわかりますか」

「……投資ができるほどのお金持ちは、どんどん、もっとお金持ちになる」

「エクセレント！　ビャッコさん、完璧です」

え。これって、そういう意味なのか。

「順にみていきましょう。まず、この不等式はほとんど、投資は『かせぐ』に値する、という先ほどの我々の結論を言い直したものです」

投資は経済成長より早く富を増やせる。だから「かせぐ」になる。うん、そうだな。

「これが事実ならどうなるか。いったん投資に回せる余裕を手にしたお金持ちは、富をどんどん蓄積できる。複利マジックを思い出してください。借金とは逆で、資産が雪だるま式に増える。一方、元手のない庶民にはその道は閉ざされている。平均的な人には平均的な経済成長程度の恩恵しかない。これはもうほとんど平均の定義に近い。その結果、貧富の格差はどんどん広がる。ピケティは、これは今の市場経済の構造的な欠陥であり、放っておいては解決できないと主張しています」

解決不能、か。僕は、自分とビャッコさんの椅子の間に深い溝が走ったような錯覚に襲《おそ》われた。

「ピケティさんの言うことは本当なんですか」

「ちょっと話が出来すぎじゃないかと疑う人もいます。否定しがたいのは、この何十年かで世界中で貧富の差が広がった事実です。この格差問題は現代の我々の社会が抱える最重要テーマの一つです。ワタクシは格差問題にはピケティの不等式以外にさらに2つの大きな要因が絡んでいると考えます。3つの要因が絡み合い、問題を解決困難なものにしている」

ここからさらに複雑になるのか。ついていけるかな。

「と、大風呂敷《おおぶろしき》を広げましたが、この話題はここまでです」

僕は思わず軽くずっこけた。

「ナイスな反応、ありがとうございます」

「どうしていいところでやめちゃうんですか」

「わき道で迷子になりそうだからです。まず我々の道を歩きとおして見晴らしの良いところに出ましょう。格差問題は機会があれば課外授業で取り上げます」

僕に異存はない。ビャッコさんもうなずいた。

「ありがとうございます。では、本線に戻りましょう」

カイシュウ先生は不等式を消し、おなじみの二つのリストを一気に板書した。

先生
昆虫学者
パン屋
高利貸し
パチンコ屋
地主
サラリーマン
銀行家
バイシュンフ

かせぐ
もらう
ぬすむ
かりる
ふやす

「我々は最後に残った地主が『かせぐ』に分類できるという結論を得ました。同時にお金を手に入れる5つの方法について一定の見識を得るに至りました」

いろんな職業やありふれた言葉が、それぞれ色合いや絡み合いを持ってアタマに入ってくる。ちょっとだけ世の中がわかったような気分だ。思えば遠くに来たもんだ。

ビャッコさんと目が合い、笑顔でうなずきあった。

「ここまでのクラブの内容はかなり高度なものでした。お二人はワタクシの想像以上に理解を深め、時に想像を超える知見を示してくれました」

お腹の底から達成感がわいてくる。ビャッコさんも誇らしそうな表情だ。

「そして、ここに、最後の謎が残りました」

カイシュウ先生が口元に笑みを浮かべながら、僕らを交互に見た。挑《いど》むような、いたずらを仕掛けるような、心から楽しんでいる表情だ。

「サッチョウさん、お金を手に入れる6つ目の方法、わかりましたか」

うかつにも、すっかり忘れていた。僕はポカンと口をあけて黙っていた。

「茫然自失《ぼうぜんじしつ》、ですかね。ビャッコさん、いかがですか」

「ずっと考えてます。でも、わかりません」

目に悔しさがにじんでいる。カイシュウ先生は満足そうにうなずくと、両手を広げて舞台の中央に歩み出て、体育館中に響く朗々《ろうろう》とした声を上げた。

「ああ！　挑み甲斐のある問題に立ち向かうこの高揚感！　いいですね！」

その顔は、本当に、本当に、幸せそうだった。僕らも思わず引き込まれて笑顔になった。

「さて、ワタクシは鬼でも悪魔でもありません。解けない謎を愛弟子《まなでし》に放り投げるようなマネはいたしません」

言い終えると人差し指を立て、身を翻《ひるがえ》して「6つ目の方法、お金の本質を握る、もっとも神秘的な方法の手掛かりは、すでにここに記されています」と黒板を指さした。

僕は頭の中で職業リストを読み上げ、5つの方法をじっと見返した。ビャッコさんも同じことをしただろう。

「そして、これがもう一つのヒントです」

カイシュウ先生が胸ポケットから折りたたまれた紙を取り出した。広げると福沢諭吉が現れた。1万円札だ。

「お二人にお貸しします。そろばん勘定クラブ、最後の宿題です。次回は1週間あけた夏休み最後の週を最終回とします。謎解きを楽しむ時間はたっぷりあります。もちろん、作戦会議は自由です。では、ご機嫌よう」

カイシュウ先生はカーテンコールのかかった役者のようにお辞儀をし、舞台からふわりと飛び降りた。そして、床に転がるバスケットボールをつかみ上げ、舞台と反対のゴールに走り出した。飛び上がった巨体が空中で反転し、「ガコンッ！」と両手で見事なバックダンクを決めた。

「イエス！」

カイシュウ先生は派手なガッツポーズを決め、僕らに拍手するすきも与えずにドアの向こうに姿を消してしまった。

放課後

福島家のいちばん長い日

残暑見舞い、というものを僕は初めてもらった。

クラブの宿題がいつも頭の片隅にひっかかっていたから、お母さんから「あら、福島のお嬢さんからじゃないの」とハガキを渡されたときには、作戦会議の招集指令だな、と思った。「ちょっと中学生とは思えない達筆ね」と言われて見てみると、たしかに毛筆のところは手書きっぽい。気後れを感じつつ、目は左隅のペン書きのメッセージに吸い寄せられた。

「次の登校日、ご都合が良ければ午後2時に家に来てください　ビャッコ」

お盆明けの月曜日が登校日だ。すぐに返事をしようと電話に向かいかけたら、お母さんに「手抜きはだめ！　ハガキで返しなさい」とTシャツの襟首《えりくび》をつかまれた。

「え。無理。こんなハイレベルなのに返事なんて」

「張り合おうなんて了見が間違ってる。さっさとコンビニで既製品を買ってらっしゃい」

登校日の午後、僕はお母さんに押しつけられたフルーツゼリーの詰め合わせを持って「福島さんのお屋敷」に向かった。殺人的な暑さで、たどり着いたときには熱中症寸前、とにかく日陰に避難したいという状態だった。おかげで何のためらいもなくインターホンを押せた。

よそよそしい声が「どちらさまでしょうか」と返事した。お手伝いさんかな。

「木戸といいます。ビャッコ、じゃなくて、乙女さんの同級生です」

どうぞ、の声のあと、ビーッと音がして門がひとりでに開いた。庭を通るれんが敷きの通路を歩いていくと、ビャッコさんが出迎えてくれた。

「サッチョウさん、ありがと！　今日、すっごい暑いね」

そう言いながら、真っ白のノースリーブのワンピースを着たビャッコさんは、汗一つかいていなくて、真夏の日差しの中でも涼しげだった。

玄関でサンダルを脱ぎながら、ビャッコさんが「もうみんなそろってるから」と言った。

「そろってる？」

「うん。今日はわたしの招待イベントだから」

あれ。作戦会議じゃないのか。

「木戸くん。お久しぶりね。あらあら、そんな気を遣わなくていいのに」

相変わらず美人なお母さんが「お嬢さま、さっそく会場にお連れしたほうがよろしいかしら」とおどけた口調で聞くと、ビャッコさんが「うん。すぐ始めたいから」と答えた。

戸惑いながら、僕は二人の後についていった。短い渡り廊下が、母屋《おもや》から切り離された校舎のような2階建ての建物につながっている。ビャッコさんが「会議とかやる離れだよ」と説明してくれた。中に入ると、1階の二つのドアに「中会議室」「小会議室」とプレートが貼ってあった。階段の手前には矢印と「大会議室」という表示が見える。お母さんが「お先に」と中会議室に身を滑り込ませながら、ドアの隙間から僕にウインクした。廊下に僕ら二人が残された。

「びっくりさせてゴメンね。一人でもやっちゃうつもりだったけど、サッチョウさんが来てくれて心強い」

事態がのみ込めず、僕は曖昧《あいまい》に笑い返した。

「で、何のイベントなの?」

「んー。謎解き、かな」

「あ。じゃ、わかったの？　6番目の方法」

「ちがう、ちがう。そっちじゃなくて、別の謎」

ますます訳がわからない。

「手伝うことある？」

「一人で大丈夫。でも、最後まで見ていてほしい」

ビャッコさんの目は本番前のアスリートのような緊張感をたたえていた。僕は、うん、こういうビャッコさんも綺麗だな、と思った。

「うん。なんだかわかんないけど、ちゃんと最後まで見てる」

ビャッコさんはにっこり笑ってドアノブを引いて中に入るよう促した。

会議室は学校の教室の半分ほどの広さで、口の字に木目《もくめ》調の机が並び、入り口の反対側にはホワイトボードが立っている。机を囲む先客たちがいっせいに僕を見た。左手にはカイシュウ先生。その向かいにお母さんと、おじさんが座っている。たぶんお父さんだろう。いつかアルバムで見たいかつい少年の面影がある。そして僕から見て一番手前に、着物姿の細身の女性が座っていた。ビャッコさんのお祖母さんは、首をかしげるような半身の姿勢で僕を見て、かすかな笑みを浮かべた。女王というより茶道か華道の先生のような雰囲気だ。

4人の大人を一度見回して、僕はカイシュウ先生から一つあけた席に座った。僕らの後ろを通ってビャッコさんがホワイトボードの前に歩み出て、ゆっくりとお辞儀した。

「今日は集まっていただき、ありがとうございます。クラブで一緒に勉強してきた仲間を紹介します。本名は木戸隼人くん、クラブではサッチョウさん、です。ちなみに江守先生はカイシュウさん、わたしはビャッコという呼び名がついています」

僕は座ったまま頭を軽く下げた。ビャッコさんの他人行儀な口調に、ひどく落ち着かない気分になっていた。

「招待状に書いた通り、今日はクラブで学んだことのまとめを発表します」

ビャッコさんはメモを見ながらホワイトボードに丁寧にこう書いた。

そろばん勘定クラブで学んだこと
・「かせぐ」「もらう」「ぬすむ」はどう違うか
・必要悪と不必要な悪
・「ふやす」と「かりる」と見えざる手

「最初に学んだのはお金を手に入れる3つの基本的な方法です。クラブではこれらの言葉は普通とは違う意味を持ちます。『かせぐ』は、世の中がより豊かになるよう、多くの富を生み出すという意味です。ただし、単にたくさんお金をもうけても『かせぐ』にはなりません。誰かを犠牲にして大もうけするのは『ぬすむ』に入ります」

僕は、今にも「高利貸しは『ぬすむ』です」という言葉が飛び出すのでは、とヒヤヒヤした。

「公園をたとえに説明します。自分が来る前より公園を綺麗にする人、つまり生まれる前より世の中を豊かにする人が『かせぐ』です。わざと公園を汚す、富を横取りするのが『ぬすむ』です。では『もらう』は何か。一番簡単なのは、『かせぐ』でも『ぬすむ』でもない人は、『もらう』に入るという分類です。『かせぐ』ほどは富を生まない人。警察官や消防士といったお金もうけには直接つながらないけど大事な仕事をする人。障害者のように社会が支えるべき人。こうしたさまざまな人が入る大きなグループが『もらう』です」

すごくうまくまとまっているな。カイシュウ先生が満足そうにうなずいている。

「わたしたちは、『かせぐ』と『もらう』を合わせた集団がフツーの人だ、という結論に達しました。公園をより綺麗にする人と、自分の周りは掃除できる人、掃除は苦手だけど公園を使うことをみんなが認めている人。これらはみんなフツーの人です。『かせぐ』や『もらう』は単にお金もうけのうまさを基準にしたもので、『かせぐ』から偉いわけではなく、人それぞれが自分の役割を果たす、持ち場を守ることが大切なのだとも学びました」

うん。人間、フツーで十分、フツーって最高ってことだ。

「では、フツーの人はみんないい人か。カイシュウさんは、そんなことはない、とも教えてくれました。それが必要悪という考え方です。代表例がギャンブルです」

ついに来た。横目に入るお父さんの顔が曇ったような気がした。

「賭け事が好きな人はいつの時代にもいて、ギャンブルはなくせません。良いことではないけど、それは人間社会の一部です。だから、暗に認められた存在と位置づけられます。わたしは必要悪とはそういう意味だと理解しました」

ビャッコさんはずっと、正面の誰もいない空間に視線を置いて話している。

「必要悪があれば、不必要な悪もあります。わたしたちはいろいろな職業を調べる中で、世の中に害しかないものの一つに高利貸しが挙げられると議論しました」

僕は息をのんだ。とてもじゃないが、お父さんに視線を向けられない。

「きちんとお金の管理ができなくなっている人に、返せるはずのない高い金利でお金を貸すのは、その人のためにならない。『貸すも親切、貸さぬも親切』という言葉も学びました。お金の貸し借りは、貸すほうと借りるほう、両方が冷静なときには便利で役に立つ取引です。でも、高利貸しはそうした条件を満たしていません。無理にお金を借りた人は、お金だけでなく、家族や人生そのものを失うこともあります」

ビャッコさんの声はいつもと変わらない。どうしてこんなに冷静に話せるのだろう。

「クラブでは、『神の見えざる手』という考え方も学びました。これは、お金を必要とする会社とお金を出す投資家がそれぞれ一生懸命にもうけようとすると、絶妙なバランスでお金が必要なところに行き渡るという仕組みです。見えない神様の手が働いているようにお金が上手に使われ、世の中が豊かになるスピードが上がります。クラブでは、不動産投資にも同じことが言えると話し合いました。不動産や株式への投資にはリスクがあり、それを引き受ける投資家は経済成長に貢献していると考えられます。わたしは以前、地主は土地を持っているだけでもうかる、ちょっとずるい仕事だと思っていました。でも、お金や土地を正しく活用するのは簡単ではなく、世の中の役に立つことなのだと学びました」

ここでビャッコさんが麦茶で喉を潤《うるお》した。僕もテーブルのコップに手を伸ばした。

「これがクラブで学んだことの駆け足のまとめです。わたしは、自分の家族がやっている仕事について、こんなに深く考えたことはありませんでした。今は、はっきりとした自分の考えができました」

ビャッコさんが、目をつむり、呼吸を整えた。

そして、初めて、まっすぐお父さんのほうを向いた。

「わたし、お父さんがいつも仕事で大変なの、知ってる。家族のために働いてくれているのも感謝してる。でも、ローンの仕事はやめてほしい。パチンコ屋さんもやめてほしい。不動産とかほかの普通の仕事に専念してほしい」

二人は目をそらさない。お母さんは横からお父さんの顔をうかがっている。心配しているというより、興味津々《しんしん》な様子だ。

「言いたいことは、それだけか」

お父さんが口を開いた。いかつい顔に似合う低音だ。ビャッコさんが首を左右に振った。

「お父さん、どうして自分でこういう話をしなかったの？　どうしてカイシュウさんを連れてきて、学校でクラブなんて開いたの？」

僕の心臓がドクン、と大きな脈を打った。

ビャッコさんのお父さんがそろばん勘定クラブを開いた？

カイシュウ先生に目を走らせた。口元に笑みを浮かべてうつむいている。

ほんとに、そうなのか。でも、なぜ？

「今だって、言いたいことはそれだけか、って。それはこっちのセリフです。お父さん、自分の娘に、自分の言葉で言いたいこと、ないの？」

ビャッコさんの声が責めるような口調に変わり、僕は、これはまずい、と思った。

お父さんが椅子から立ち上がり、ビャッコさんの目をしっかりととらえた。

「子どもが、親の仕事に口出しするんじゃない」

静かにそれだけ言うと、出口に向かって歩き出した。ビャッコさんは、口を開きかけたけど、言葉にならないようだった。目にうっすらと涙が浮かんだように見えた。

「お待ちなさい、啓介さん」

ドアノブに手をかけていたお父さんが立ち止まった。

その有無を言わさぬ声は、まさに女王のそれだった。


「二人とも、おかけなさい」

お祖母さんが眉一つ動かさず、口元に笑みすら浮かべてそう言うと、ビャッコさんは静かに目の前の椅子に座り、お父さんも渋々、元の席に戻った。

お祖母さんは一度、ゆっくりとテーブルを見回した。

「サッチョウさんとおっしゃったわね。乙女さんからお名前は聞いていますよ。あなたは立会人として招かれたようね。お気の毒だけど、もうしばらく家族会議にお付き合いしてもらいましょう。ただし、ここでの話は他言無用《たごんむよう》に願います」

目が合った瞬間、考える前にうなずいてしまった。すごい迫力だ。

「啓介さん、まずはお祝いでも言ったほうが良いのかしら。さすがは親子ね。あなたの娘は、ほとんど同じ年頃で、あなたと同じ考えに至ったようですよ」

ビャッコさんが驚いた顔でお父さんを見た。お祖母さんがクスリと笑った。

「そうそう、あの人が啓介さんと同じセリフを言ったこともありましたね。『親の仕事に口出しするな』って。あの人は張り手も一緒にお見舞いしましたけどね」

お父さんは窓の外に視線をやって唇をゆがめるようにして笑っている。

「もっとも口べたの啓介さんは乙女さんほど理路整然とはしていなかったから、あの人が怒ったのは無理もなかったわね。江守さん、とても良い講義を授けてくださっているようで、感謝いたします」

カイシュウ先生は「いや生徒が優秀ですから」と左右の僕らに目をやった。僕らは二人とも目を合わせなかった。この人は「向こう側」の人間かもしれないのだ。

「江守さんに講義をお願いしたのは……優子さん、あなたね」

お母さんは上目遣いで僕とビャッコさんを交互に見て、手を合わせて謝る仕草をした。

なんと。黒幕はお母さんだったのか。

「乙女さん、あなたは父親のことをよくわかっていないようね。そんな回りくどい小細工ができる器用な人間ではないですよ、啓介さんは」

カイシュウ先生が口元に手を当てて必死で笑いをこらえている。

「娘に絶交された父親が不憫で、母親が友人に頼って家業のあり方と親の苦労を悟らせる。アイデアは悪くなかったけど、誤算は親が思うより娘が敏感で賢かったことでしょうかねえ。乙女さん、純粋に好奇心から聞くのだけど、どうして気づいたのかしら」

「卒業アルバムで。学校の図書室でお父さんとカイシュウさんが同級生だってみつけて。こんなすごい人が中学校のクラブの顧問をやるなんて不自然だし、それに、クラブがどんどんわたしの疑問に答える内容になっていったから」

そうか。図書室で僕に口止めしたときから、ビャッコさんは疑い始めていたのか。僕はわき上がった疑問を我慢できず、話に割り込んだ。

「あの、僕のお父さんもグルなんですか」

「いや、それは偶然ですよ。初日はふき出すのをこらえるのが大変でした。遠い記憶の中のキドッチがちょこんと座ってるんだから」

ビャッコさんのお父さんが「うん、きみは本当に、お父さんに生き写しだな」と優しい目で僕を見た。このおじさん、悪い人じゃないんだな。

「啓介さん、あなたは優子さんの計画を承知していたのですか」

お父さんの目から笑みが消え、無愛想な顔つきに戻った。

「知りませんよ、何も。江守も何も言わないし。お前、口止めされたんだろ」

「優子さんの頼みとあれば、隠密《おんみつ》行動だろうが何だろうが、お安い御用だね」

「だって、あなた、反対するに決まってるもの」

「何を言ってるんだ。江守だって暇じゃないんだ。それを気安く……」

「こっちから志願したんだよ。面白そうだったから」

「それで好き勝手、人様の子どもにあれこれふき込んだってわけか」

「その通り。好き勝手、若かりし頃に我々が散々議論したような内容を、ね」

「あら、そうなの」

「優子さん、こいつは中学のとき、今のビャッコさんとほとんど同じことを言っていたんですよ。ウチの家業は不動産以外まともじゃない、跡を継ぎたくないって」

パン！　パン！

手を打つ音が、高らかに部屋に響いた。

「そこまで。3人とも、子どもの前だというのをお忘れですか」

大人3人は背筋を伸ばし、やりとりに見入っていた僕らもお祖母さんに注目した。

「事情はわかりました。乙女さん、クラブの件について啓介さんを責めるのは筋違《すじちが》いだというのはわかりましたね」

ビャッコさんがうなずいた。謎解きは空振りだったわけか。

「先ほどの乙女さんの発言について、わたしからもひと言、言わせてもらいましょう。あなたはローンとパチンコをやめてほしい。なぜならそれは、あなたたちが言うところの必要悪やら『ぬすむ』やらに当たる仕事だから。こう言いましたね」

少し間をおいて、ビャッコさんがまたうなずいた。

「わたしは啓介さんと同意見です。子どもが親の仕事に口出しするものではない」

お祖母さんはピシャリと言い切った。これまた有無を言わせぬ迫力だ。

「その上で、今日は子どもが知るべきではないところまで聞かせましょう。どうも乙女さんは大きな誤解をしているようですから。結論から言えば、あなたにどうこう言われるまでもなく、ローンとパチンコから手を引くことはもう決まっています。ここ何年も啓介さんは事業の整理に取り組んでいるのです。パチンコは昔はよくもうかりました。でも、今はお荷物です。ローンのほうも訴訟の処理だけをやっている状態です。2つの事業をやめるのは、両方とも、もうからなくなったからです。乙女さんが言ったような甘い理由ではありません」

甘い、か。やっぱり、甘いのかなあ。

「不満そうですね。聞きなさい。まず、あなたは啓介さんがどれほどこの2つの事業をやめたがっていたか知らない。中学から高校、大学と進む間も先代と何度も大喧嘩《おおげんか》したものです。今のあなたのように一切口をきかない時期もありました。親子というのは面白いほど似てくるものですね」

「それなら」と、ビャッコさんが震える声で言った。

「どうしてもっと早くやめなかったの？　赤ちゃんが死んじゃう前に」

「あれは本当に不幸な事件でした」

お祖母さんの声はあくまで淡々としていた。

「しかし、それとこれとは話が別です。乙女さん、あなたは事業を営むということを何もわかっていない。フクヤは福島家だけの事業ではありません。先代の親族や友人、取引先、金融機関などたくさんの関係者がいるのです。そして何より働いている人たちがいる。ローンの会社も同じです。事業を大きくするということは、いろいろな人たちの人生を背負い込むということなのです」

お祖母さんがここで間をとってティーカップを口に運んだ。人生を背負い込む、か。

「事業のために出資してくれた人たちに、もうやる気がないので会社はたたみます。働いてお給料を得ている人とその家族に、もう仕事はありません、後は自分でなんとかしてください。そう言って逃げろと、あなたは言うのですか」

ビャッコさんは、見ていて痛さが伝わるほど下唇を強く噛んでいる。

「先代が急に亡くなったとき、跡取りは啓介さんしかいなかった。啓介さんは逃げなかった。きちんと業績をあげて蓄えを増やしました。そのおかげでフクヤは事業をたたむにあたって従業員と株主に十分報いることができて、ローンのほうも訴訟を続ける余力があるのです」

僕はカイシュウ先生を見た。事情を知った上でクラブをやっていたのだろうか。

「啓介さんがあと始末に全力を傾ける間、わたしが不動産の切り回しをすべて引き受けてきました。それもあと1年ほどのことでしょう。早いところバトンタッチして、のんびり読書三昧《ざんまい》できる日が楽しみです」

女王の口元に、満足そうな笑みが浮かんだ。

会議室に僕ら3人が残された。お祖母さんが席を立ち、お父さんが後を追うと、口を開きかけたお母さんをカイシュウ先生が「ここは任せて」と手ぶりでおさえたのだった。

「まず謝らせてください。だまし討ちをして大変申し訳ありませんでした」

カイシュウ先生が立って深々と頭を下げた。僕には怒りのような感情はまったくなかった。福島家での作戦会議のときのお母さんのすっとぼけた演技を思い出して、女って怖いな、と思っただけだ。だから、許すか許さないかは一から十までビャッコさん次第だ。

ビャッコさんはまだ下唇を噛んでうつむいていた。窓の外では、庭の木々が、真夏の容赦ない光に負けない力強さで、絵の具をべた塗りしたような濃い緑の葉を揺らしている。カイシュウ先生は言い訳もせず、ひたすらビャッコさんの答えを待つつもりのようだった。

ビャッコさんが唇を噛むのをやめて、伏し目がちに、小さく何度もうなずいた。

「カイシュウさん」

「はい」

「もう隠していること、ありませんか」

僕は、この問いかけには絶対に嘘はつけないな、と思った。

「うしろめたい隠し事はもうありません。まだ話していない、少々込み入ったことはありますが、それは近いうちにお話ししましょう。それでどうですか」

ビャッコさんが少し考えてから、笑顔でうなずいた。

「では、来週のクラブの最終日にはご出席願えますね。サッチョウさんだけではあの謎は手に負えないでしょうから」

あ、そうだ。すっかり忘れてた。

「さて、すぐにでも作戦会議を開きたいところでしょうが、今日はお二人とも疲れたでしょう。仕切り直してはどうですか」

僕らは目を合わせて頷き合った。

「サッチョウさん、車で送りますよ」

お、帰りはベンツだ、ラッキー、と思ったとき、ビャッコさんがきっぱり言った。

「わたしが送ります」

心臓がぴょんと跳ねた。ベンツなんて成金《なりきん》趣味の下品な外車は、デカいおっさん一人で乗ってりゃいいんだ。

「では、ワタクシはお先に失礼します。来週、月曜日に」

「サッチョウさん」

ビャッコさんが手を差し出し、僕らは固く握手した。

「今日はありがとう。サッチョウさんがいてくれたから、冷静にちゃんと話ができたんだと思う」

僕は照れくさくて鼻の横を指でかいた。

「謎解き、外しちゃった。絶対、お父さんが裏で手を回してると思ったのにな」

握手したままビャッコさんが笑った。ふとくすぶっていた疑問がよみがえった。

「ビャッコさん、どうしてこのクラブを選んだの？」

「クラブ選びの日の午後に先生に声をかけられて。外国人が講師をやるクラブが急にできて参加者がいなくて困ってるから、クラブ、変えないかって言われて。英語クラブに決まってたけど、ちょっとレベル低いし、それもいいかなって。あとになって先生もグルで露骨《ろこつ》に誘導したんだと思った。校長先生とお父さん、知り合いだから、それもお父さんを疑った理由」

なるほど。

「サッチョウさんは？」

「僕はひたすらくじ引きで負け続けたから。残ってるの、ここくらいだった」

「くじ運、悪！」

僕らは声を上げて笑った。その拍子に握手がほどけてしまい、それが残念で、僕はしばらく未練がましく手を宙で泳がせていた。

「行こうか。公園通って話しながら、サッチョウさんのウチまで」

ドアに向かうビャッコさんの後ろ姿を見ながら、僕は思った。

いやいや、僕のくじ運、最高じゃん。

放課後

アイスクリームのお返し

僕らは月曜日の帰り道に約束した通り、土曜日の午後に公園で落ち合った。会ってすぐ「謎、解けた？」と聞かれて、僕は迷いもなく首を左右に振った。けっこう考えたけど、まったく歯が立たない。

「わたしも、ギブアップ寸前。この問題、難しすぎ」

ビャッコさんはため息をつくと、ベンチにしなだれかかるように倒れ込んだ。真っ白なワンピースが、白鳥のようにふわりとベンチに舞い降りた。

「あの職業リストがヒントって、どういう意味かな」

ビャッコさんは寝転んだまま首を振った。猫みたいでかわいいな、と思ったら、ピョコンと座り直し、真剣な顔で「でも、関係あるのは銀行家だと思う」と言った。

「だよね。なんというか、ほかの仕事は、遠いというか」

「5つの方法のほうはどう？」

「そっちは全然。何となく『かせぐ』か『ふやす』あたりが関係ありそうだけど」

ビャッコさんは「うん。わたしもそんな気がする。でも、そこで行き止まり。いくら考えてもわかんない」と言うと、またベンチに倒れ込んでしまった。

なんだろう。今日のビャッコさんはまとっている空気が柔らかい。

僕はふと思い当たって話題を変えてみた。

「ビャッコさん、あのあと、お父さんと会話、ある？」

「うーん。ビミョー。ゼロではないけど……キャッチボールにならない」

「……おはよう」

「……おはよう」

「以上、みたいな？」

「そんな感じ」

そうか。でも、口をきかなかった1年を思えばたいした進歩だ。あのときに僕に向けたお父さんの優しい目を思い浮かべて、ほっとした気持ちになった。

「ビャッコさん」

「はい」

「ひとまずこの前のアイスのお返しに、かき氷なんてどう？」

ビャッコさんがまたピョコンと体を起こして「サッチョウさん、天才！」と言った。

文房具店兼駄菓子屋のイトブンに向かう途中、もう一つのヒントのことを思い出した。

「あ、1万円札。あれ、ビャッコさん、調べた？」

カイシュウ先生が「使い込みのリスクがない方に預けておきます」とビャッコさんに渡したので、僕はその後、一度もあの1万円札を見ていなかった。

「うん。フツーの1万円札だったよ。自分のとも比べてみたけど。見る？」

さすが、自前の1万円札が手元にあるのか。ビャッコさんは小さなリュックから財布を取り出して1万円札を僕に渡した。僕は数字や文字、模様、透かしやキラキラ光るシールのような部分までひと通り調べた。あまりご縁がないから自信はないが、たしかにフツーの1万円札だ。

「フツー、だねえ」

「でしょ」

そうこうしているうちに、イトブンまで来てしまった。小さな店なので小学生数人の先客がいるだけで狭苦しい。僕はブルーハワイ、ビャッコさんはストロベリーにした。お父さんから聞いた、かき氷のシロップは色が違うだけで全部同じ味だ、という本当か嘘かわからない話をすると、ビャッコさんは「うそ！」とびっくりして、ためしに半分食べたら交換してみようと言い出した。

おばちゃんがかき氷をシャリシャリと古くさい機械で作っている間、僕は何気なく駄菓子コーナーを見回した。中学生になって、ここで駄菓子やおもちゃを買うことはあまりなくなっていた。久しぶりに何か買おうかな、と品定めをしていたときのことだった。

「それ」は、水鉄砲やスーパーボールと並んで、そこにあった。

頭の中を光が駆け巡るような感覚が走り、次の瞬間、これだ、と強く確信した。

ビャッコさんの肘《ひじ》を引っ張ってこちらを向かせた。そして「それ」を指さして、ビャッコさんの顔を見た。ビャッコさんはしばらく眉間にしわを寄せたあと、目を見開き、ポカンと口を開けて僕を見た。

そして、いきなり、僕に抱きついたのだった。

18時間目

6番目の方法

最後のクラブは2年6組の教室で行います

職員室のドアの張り紙を見て、僕は、最初と同じ教室か、締めくくりにふさわしいな、と思った。短い渡り廊下から校舎に入る。今日もかなり暑いけど、無人の校舎内は少しひんやり感じるくらいだった。階段を駆け上がって教室に急いだ。

「さあ、いよいよ最終回です」

僕らは最初と同じように、間を一つあけて前寄りの席に座っている。

「ワタクシは最後に最大の難問をお二人に授けました」

僕らは目を合わせてうなずき合った。

「おお、これは期待が持てそうですね。では、答えをどうぞ」

目で促すと、ビャッコさんが黒板に歩き出した。僕が立ち上がって「お金を手に入れる6番目の方法は」と言うと、ビャッコさんが黒板にくっきりとした大きな字でこう書いた。

つくる

ビャッコさんが席に戻り、僕も座った。カイシュウ先生が満面の笑顔で両手を大きく上げげた。天井に届きそうだ。僕は「降参です」のポーズかな、と思ったが、ビャッコさんが立ち上がって高く手を上げたのを見て、ようやく意図がわかった。

「バチン!」

カイシュウ先生とのハイタッチの後、僕ら二人も軽くハイタッチをした。

「素晴らしい! 謎解きの道筋を伺いたいですね。ヒントの意味はわかりましたか」

「僕ら二人とも、職業リストで関係あるのが銀行家なのはすぐにわかりました」

「消去法ですね。で、その次は」

ビャッコさんが財布から1万円札を取り出してカイシュウ先生に返した。

「1万円札には『日本銀行券』と書いてあります」

今度は僕が財布からあるモノを取り出してカイシュウ先生に渡した。

「こっちのお札には『こども銀行券』と書いてあります」

カイシュウ先生が驚いた表情で僕らを見た。

「みつけたのはサッチョウさんです。二人とも、見た瞬間にひらめきました。お金を手に入れるには、お札そのものを作ってしまうという手があるんだって」

「おもちゃのお札はお店では使えないけど、友だち同士でお金として使うと決めれば仲間内では通用します。僕が銀行になって、自分でお札を作っちゃうことだってできます」

さかんにうなずいているカイシュウ先生の口元の笑みがだんだんと深まっていく。

「エクセレント！　3つのヒントのうち2つを活用して、最後の決め手を自分たちで発見したわけですね。これはイトブンあたりで売ってたんですか」

「はい。ビャッコさんとかき氷を食べに行って、偶然みつけて」

「氷を食べて謎が氷解と。あ、これは失礼、おやじギャグですね」

氷だけにサムくてすべってる、という返しを思いついたけど、スルーしておいた。

「なんとしても謎を解きたいという気持ちが熟成されていたからこそ、ひらめきが訪れたのでしょう。いや、ほんとに素晴らしいです」

ビャッコさんに抱きつかれた瞬間の驚きと嬉しさがよみがえった。

「お二人のシンプルで力強い答えの後では気が引けますが、ワタクシからも最後の手段、『つくる』について説明を加えましょう。カギを握るのは、お二人も気づいたように、まず銀行家です。そして活用されなかった第2のヒント、5つの方法の中で活躍するのは『かりる』です」

へえ。意外だな。てっきり「かせぐ」か「ふやす」のどっちかだと思ったのに。

カイシュウ先生がバッグから無造作に札束を取り出した。

「ここに100万円あります。これをワタクシがビャッコ銀行に預金します」

ふいに札束を渡されたビャッコさんは、キョトンとした顔でカイシュウ先生を見ている。

「これでビャッコ銀行の預金残高は100万円になりました。次にビャッコ銀行は預金の1割を手もとに残して90万円をサッチョウさんに貸し付けます」

ビャッコさんは言われた通り、札束から10万円を抜き取り、残りを僕に渡した。

「ここから先は脇役に何人かご登場いただきます」

今度はバッグからレゴブロックの人形が出てきた。僕の後ろの列に、一つの席に一つずつ、数体の人形が置かれた。ビャッコさんの後ろにも同じように人形が置かれ、僕らを先頭に二つの列が出来上がった。

「準備万端。サッチョウさん、そのお金をビャッコさんの後ろのお姉さん銀行に預金してください」

ポニーテールのかわいい人形が憎らしく見えてきた。

「お母さん銀行、でもいいですか」

「それで手を打ちましょう」

僕は人形の前に90万円を置いた。

「ビャッコ銀行に残っている10万円は準備金、預金の引き出しに備えてプールしておく金です。準備率は10%というわけです。さて、このお母さん銀行も誰かにお金を貸し出します。次の借り手は啓介さんとしましょうか」

カイシュウ先生は9万円をお母さん人形の前に残し、81万円をその隣の机のヒゲを生やした海賊風の人形の前に取り分けた。

「準備率10%ですから、お母さん銀行は9万円を残して貸し出します。続いて啓介さんがお姉さん銀行に預金します。その先は同じパターンの繰り返し。お姉さん銀行がお祖母さんに限度額まで融資して、それがまた預金になる。これをどんどん続ける」

なんだこりゃ。

「動くお金はだんだん減ってゼロに近づきます。一方で銀行全体の預金の合計額はじわじわ増える。銀行から『かりる』、それを預ける、と8階建てで繰り返すと、100万円の現金が570万円の預金に化ける。このあとアルファベット順で延長すると、S銀行あたりで預金残高は900万円になります。無限に続けても1000万円を超えることはありません」

カイシュウ先生がここでひと息おいた。

これはいったい何なんだろう。なんだかだまされた気分でいっぱいなんだけど。
「カイシュウさん、これ、お札は増えてませんよね」
「お札は世の中のお金の一部でしかありません。日本の銀行預金残高は数百兆円規模、お札の流通量は多くても１００兆円ほどです。預金の増加イコールお金の増加と考えていいでしょう」

僕はもう一度丹念に図を見た。うん、たしかに第2のヒントの当たりは「かりる」だったんだな。

「この銀行のネットワークがお金を生み出す仕組みを、専門用語で信用創造と言います」

信用創造

「想像」じゃなくて「創造」か。なんか、かっこいい。

「金融の世界では、信用という言葉には『借りたお金を返済する力』という意味があります。そこから転じて、企業が融資を受けたり、サラリーマンが住宅ローンを借りたりすること、つまり『かりる』という行為も広く信用と呼ばれます。信用を与えるといえば、誰かにお金を貸すという意味になります。貸し借りの関係が信用の上に築かれるわけです」

お金を借りるには信用が大事ですよね。それは身にしみてます。

「ポイントは創造、つまり『つくる』にあります。ビャッコさんがサッチョウさんにお金を貸すだけなら、ビャッコさんの手元のお金が減ってサッチョウさんの手持ちが増えるだけです。ところが、このように銀行ネットワークの中でお金が転がると、預金が水ぶくれする。個々の銀行や人々の行為は『かりる』と『ふやす』、融資と預金でしかありませんが、全体ではお金が増える。まさに創造される」

僕は、僕らが考えた「つくる」との違いに、愕然《がくぜん》としていた。

「わたしたちが考えた『つくる』とはずいぶん違う気がする」

「いえ、お二人の答えは本質を突いています。この図は一直線の流れでしかありませんが、実際の経済で起きているのは何百万、何千万という参加者が参加する網の目のような信用創造です。でも、それがどんなに巨大で複雑になろうと、全体を支えるキモは一つしかないのです。そしてそれは、お二人がたどり着いた答えと根っこは同じものです」

全体を支えるもの、か。何だろう。もう一度、じっと図を見た。

つながっているのは人と銀行で、つないでいるのはお金の流れだ。

「約束、かな」

ビャッコさんがつぶやいた。

「ほう。もう少し具体的にご説明願えますか」

「預金する人は銀行がちゃんと約束通り安全にお金を預かってくれるって信じて、預金している。銀行は、貸した相手がちゃんと約束通りに返してくれると信じてお金を貸している。もし約束を守らない人がたくさんいるってみんなが思ったら、誰も預金しないしお金を貸す銀行もなくなって、こんな仕組みは成り立たないと思います」

「約束、ですか。いい言葉ですね。そう、お金が増える信用創造というネットワーク、あるいはお二人が示したお金を『つくる』という行為に欠かせないもの、それはビャッコさんの言う無数の約束の集まり、堅い言葉で言えば人間社会全体に対する信頼感です」

社会全体の信頼感か。壮大な話になってきたな。

「このシステムにはいくつも前提が隠れています。たとえば預金者が一斉にお金を引き出そうとしたら銀行は対応できません。準備金以外は貸し出しに回してしまっているからです。でも現実にはそんなことは起きない。預金者は銀行がつぶれることはないと信頼してお金を預けっぱなしにしている。銀行はそうした預金者の行動パターンを信頼して、金庫にお金をしまっておくのではなく、企業や個人へのローンにお金を回す。そして、ちゃんと相手を選べば、貸したお金は返ってくると信頼している。ネットワークのどこかでこうした信頼感が失われれば、信用創造はとたんに滞ります」

なるほど。たしかに、どこかが詰まれば、流れが全部止まりそうだ。

「それがまさに、リーマンショックで起きたことでした。誰もが疑心暗鬼になってお金の流れがぴたりと止まった。その先に待つのは、経済活動すべてに破滅的なブレーキがかかるパニック、いわゆる恐慌です。信頼が消えれば、経済は窒息《ちっそく》します」

カイシュウ先生が長い間をとった。なるほど。お金が止まったら世の中も止まるんだな。

「ここでは省略しましたが、お金を借りた人はなんらかの経済活動にお金を使い、余った分を預金するはずです。その人から代金などを受け取った相手も、買い物などに使って、余った分を銀行に預金する。それが実際の経済で起きていることです。余ったお金が回り回って預金として銀行を通過し、その一部がローンに化ける。そうやってお金が世界を駆け回るうちに信用創造、つまり『つくる』が起きる」

すごい複雑だけど、すごい面白いな、これ。

頭の中で少しずつ、お金が世界を駆け回るイメージが固まってきた。

「この信用創造という仕組みが新たなお金を生まないと、お金の量が足りなくて経済成長にブレーキがかかってしまう。人々を豊かにする『かせぐ』『もらう』『ふやす』も、おこぼれをかすめる『ぬすむ』も、この『かりる』を起点とした信用創造、『つくる』の恩恵を受けています。ワタクシは過去の自分を含めて一部の銀行家をダニ呼ばわりしましたが、銀行家と銀行が本来、どれほど重要な役割を担っているか、これでご理解いただけたでしょう。だからこそ、本分を忘れたダニの罪は重いのです」

再び長い間。僕らの頭の回転が追いつくのを待って、カイシュウ先生が続けた。

「ここでお二人の手法に戻りましょう。お二人、小さい頃、お店屋さんごっこをやりませんでしたか。ちょっとしたものを並べておもちゃのお金で買い物するような」

ああ、やった、やった。泥団子屋さんごっこ。お金はたしかペットボトルのキャップをペンで塗ったものだった。久しぶりに幼稚園の頃を思い出したな。

「そんな小さな経済圏でも、それを支えているのは約束であり信頼です。友だちや家族の間で、これはお金であり、モノやサービスと交換できるという約束事が成り立っているからこそ、おもちゃのお金でも小宇宙のお金たり得る」

たしかに、お店屋さんごっこが盛り上がるのは、みんながその気になってる間だけだ。

「つまり究極的にはこういう関係が成り立つのです」

お金　＝　信用（約束・信頼）

「お金になぜ価値があるのか。それはみんながそれをお金として扱うからです。ただの繰り返しじゃないかと思うでしょう。でも、本質はそうとしか言いようがない。小難しい言葉を使うと、お金とは共同幻想なのです。みんながお金に価値があると幻想をいだいている。だからお金がお金たり得る。幻想ではあるけれど、それこそが現実です」

考えてみれば、お札なんて綺麗に印刷してあるだけの紙きれだもんな。

カイシュウ先生がふいに「サッチョウさん、1万円札を1枚刷るのにいくらかかるか、ご存じですか」と質問した。虚を突かれて「は？」と変な声が出てしまった。

「1万円札1枚にだいたい20円かかります。20円の元手で1万円を作るのだから大もうけです。逆に1円玉は作るのには2円か3円かかる。こちらは大損です」

値段を聞くと、お金を「つくる」のがリアルに感じるな。

「まとめておきましょう。ワタクシが説明した信用創造は、お金が経済の中を流れるうちに新たなお金が生まれるメカニズムでした。そして、お二人の答えは物理的にお札を刷ってしまうという大胆な発想でした。深いところで両者はつながっている、本質的には同じものだとワタクシは考えます。両方とも、お金がお金であるために不可欠な信用という魔法をふき込んで新たなお金を生み出している」

正直、僕の中ではまだ溝は埋まりきっていない。ビャッコさんはどうなんだろう。

「まだ納得できないご様子ですね。では、お金を『つくる』という行為の本質を突く鮮烈な例を紹介します。ビャッコさん、ビットコインってご存じですか」

「名前だけは聞いたことがあります」

ニュースでそんな単語を聞いた気はするけど、詳しいことはわからないな。

「ビットコインは仮想通貨の代表選手です。細部ははしょりますが、ネット上でやりとりするデータそのものをお金とみなす画期的なアイデアです。ブロックチェーンという精密な仕組みを使って安全に取引でき、偽造のリスクも避けられる、非常に洗練されたシステムです」

「データ自体がお金なんですか」

「そうです。コインという名前ですが、硬貨のようなものは存在しません。データがあっちに行ったり、こっちに行ったりするだけです」

「でも、そんなもの本当に使えるのかな」

「日本ではまだまだですが、たとえばアメリカの西海岸あたりではレストランやカフェで不自由なく使えます」

へー。すごいな。

「ビットコインはある規則性を持ったデータの塊《かたまり》です。新たなビットコインは、この規則に沿った数学的な問題を解くことで生み出せるように設計されています。パズルを解くとご褒美に新しいコインがもらえる。これをマイニング、日本語で採掘と呼びます。金鉱を掘る感覚ですね」

ちょっともう、何が何だか。

「細かい仕組みは重要ではありません。ポイントは、仮想通貨はまさにお金を『つくる』という手段を体現していることです。これをお金として使おうと決めた人々の共同幻想が新しいお金を生んでいる」

よくわからないところもあるけど、たしかにお金は「つくる」ことができるんだな。僕らの答えはまんざら捨てたもんじゃないという気がしてきた。

「さあ、いよいよ、我らがそろばん勘定クラブのグランドフィナーレです」

カイシュウ先生はいったん板書をすべて消すと、両手を広げて胸を張るポーズを取った。そして6つの言葉を書き上げた。

かせぐ
もらう
ぬすむ
かりる
ふやす
つくる

「お金を手に入れるにはここに並ぶ6つの方法があることを我々は知りました。そして、お金の本質は最後の方法、『つくる』にある」

カイシュウ先生が晴れやかな笑顔で僕らを見回す。

「ワタクシは何度か、このクラブで『我々の物差しはしょせんお金でしかない』と申し上げました。たかがお金、しかし、されどお金です。金は天下の回り物、という名文句があります。逆もまた真なり。お金がなければ世界は回りません。そして、そのお金を根底で支えるのは、『誰もがこれをお金と認めるだろう』という幻想です。この幻想は、人類が明日も明後日も来年も10年後もおおむね平和に暮らせるという希望に支えられています。明日、地球に巨大隕石《いんせき》が衝突するとしたら、誰がお金の価値を認めるでしょうか。未知の疫病《えきびょう》で人類が滅びるとなったら、誰がお金の価値を認めるでしょうか」

言われてみればそうだよな。

「お金というのは、この世に生まれ落ちた人々が生み出した知恵です。それは、我々人間が似たもの同士で、同じようなモノに価値を認め合うという幻想に支えられている。そして『つくる』という魔法でお金が円滑に回るには、人と人とが信じ合う、信用や信頼が欠かせない。ワタクシは、お金というものは、人間が互いに支え合わないと生きていけない存在であるが故に生まれた、知恵の結晶だと思います」

カイシュウ先生の目は真剣そのものだ。

「しかし、いや、だからこそ、お金には魔力がある。人々を狂わせ、誤った道へと誘《いざな》う魔力がある。人々を『ぬすむ』という恥ずべき行為に走らせる魔力がある。人々にお金が人生の目的だと錯覚させる、金銭崇拝に陥らせる魔力がある」

カイシュウ先生はとても長い間をとり、最初に僕、次にビャッコさんの目をじっと見つめた。

「でも、お二人はもう大丈夫です。ビャッコさん、サッチョウさん。これからの人生、お金に惑わされず、でもお金を大切にして、しっかり歩んでいってください」

カイシュウ先生が、とびきりの笑顔を見せた。

「これで、そろばん勘定クラブを終わりとします」

僕らは、手が痛くなるまで拍手した。深々とお辞儀したカイシュウ先生が顔を上げたのを合図に、僕らは立ち上がって3人で固い握手をした。

9月

課外授業

川面《かわも》を渡る風が頬をなでていく。夏の名残《なごり》をたっぷり含んだ日差しが草原にクスノキの影を落としている。僕はバスケットから二つめのサンドイッチをつまみ上げた。週末のピクニックを提案したのはビャッコさんだった。昼食を食べながらカイシュウ先生に、約束通り、課外授業をお願いしよう、と。そう言われても、すぐにはピンと来なかったのだが、僕は「うん」と即答した。

2学期に入り、そろばん勘定クラブは何事もなかったように解散した。担任に希望を聞かれ、僕はサッカークラブ、ビャッコさんは英語クラブにすんなりと移った。夏休み明けからビャッコさんと話す機会はほとんどなくなっていた。

「アボカドとハムのサンド、いいですね。優子さん作ですか、ビャッコさん作ですか」

「一緒に作りました。こっちのローストビーフサンドも自信作です」

デカいおじさんのお尻がデカくて、ピクニックシートはギュウギュウ詰めだ。

「お腹もふくれたし、追加講義を始めますか。こんな気持ちの良い日に少しばかり重い話題ですが、ピケティの不等式からおさらいしましょう。ピケティが示したのは経済成長よりも投資でもうかるペースのほうが早いから、投資する余裕のあるお金持ちと余裕のない庶民との差がどんどん開くという仮説でした。資本収益率のｒは経済成長率のｇより大きい、という不等式を思い出してください。ワタクシは現代の最大の社会問題の一つである経済格差には、このピケティの不等式以外に二つの要因が絡んでいると話しました」

ビャッコさんがうなずく。僕も思い出してきた。

「ずばりと言えば、その二つの要因とは相続税とオフショアです」

相続税はわかる。遺産にかかる税金だ。もう一つは……何のことだ？

「順に行きましょう。日本の相続税の最高税率は55％です。お金持ちが正直に申告すると遺産を半分持っていかれる計算です。かつては最高税率75％で、３代で財産はなくなると言われました。実際はいろいろと節税のテクニックがあって、先祖代々の資産を脈々と受け継いでいるお金持ちはいますがね」

福島家なんて、まさにそうだろうな。

「日本は相続税が高く、おまけに社長や役員の給料がわりと低い国です。貧富の差でみると、最近は少々雲行きが怪しいのですが、世界の中でも優等生、格差の比較的小さい国です」

そうなのか。ビャッコさんとの格差はヒシヒシと感じるけどな。

「ところで、世界には相続税がゼロという国がいくつもあります」

「ゼロ？」と僕。「まったく？」とビャッコさん。

「有名どころではシンガポール、香港、スイスあたりがそうです。マイナーな国だとモナコ、オーストラリア、マレーシアなんかも相続税はない。相続税は当然、お金持ちに人気がない。お金持ちは政治を握るエリート層とつながっている。どの国でもよほどのことがないと高い相続税が導入されることはありません。その結果、格差は世代を超えて温存される。お金持ちは生活、教育、コネ、ビジネスの元手などあらゆる面で恵まれている。相当のヘマをしない限り、次の代もその次も落ちこぼれない。逆に庶民はどこかで一発当てないと、富裕層には食い込めない」

人生のスタート時点で差がついちゃってるよな。

「もう一つの要因のオフショアは、お二人にはまだ少々難しいテーマでしょう。大人でも理解している人はほんの少数です。ショアは英語で海岸とか水辺、オフはこの場合、そこから離れた、という意味です」

「どこの海岸から離れてるってことですか」

「あらゆる国の海岸から、です」

僕が「え？」と声を漏らすと、ビャッコさんが「あらゆる国？」とかぶせた。

「オフショアは税金や法律から逃れられる、おとぎの国のような場所です。タックスヘイブンとも呼ばれます。租税回避地《そぜいかいひち》。税金から逃れられる場所という意味です」

カイシュウ先生がここで間をとった。これ、何から何まで初耳だな。

「オフショアに資産を隠すと誰も追跡できない。そこには、税金を払いたくない大金持ちや、麻薬や武器の密売で荒稼ぎした犯罪者、南米やアフリカ、中東、アジア、ロシアなどなど国の富を私物化した世界中の独裁者や悪党、さまざまなダーティーマネーが流れ込んでいます。行方不明になった汚いお金は何百兆円とも何千兆円とも言われます」

金額が大きすぎて冗談にしか聞こえない。

「日本のGDPが約500兆円、日本人の金融資産全体が一千数百兆円ほどです。それに匹敵するか上回るお金が徴税や捜査当局の手を逃れて隠れ家に逃げ込んでいます」

「信じられない。なんでそんなインチキを放置してるんですか」

ビャッコさんが心底不思議そうに聞いた。

「オフショアという仕組みは欧州で生まれました。ワタクシの考えでは、現在の世界最大のタックスヘイブンはイギリスです」

「いや、でも、それ、おかしくないですか」

「なぜですか、サッチョウさん」

「だって、あらゆる国の海岸から離れているのにイギリスにあるって、変でしょ」

「正確に言うと、イギリスは首都ロンドンを中心に、旧植民地や王室直轄の領地を組み込んだネットワークを作っているのです。お金は、実質的にイギリスの支配下にあるけれど、名目上はイギリスではない島々に飛ばされます。書類上でしか存在しない会社を作って、そこにお金を流し込むのです。建前ではそこはイギリスではないのでイギリスの法律は及びません。イギリス政府ですら踏み込んで調査することはできません」

「なぜそんなおかしなことをするんですか」

「世界中からお金を集めるためです。ロンドンはニューヨークと並ぶ世界最大の金融センターです。世界中の投資家や銀行、企業がそこでお金のやりとりをしている。それを陰で支えているのがオフショアという極めて胡散臭《うさんくさ》い仕組みなのです」

映画に出てくる悪の組織みたいで、ちょっとかっこいいような気もする。

「オフショアという怪物は半世紀ほど前から急成長しました。昔からお金持ちや独裁者が資産を隠す場所はありました。スイスの銀行が有名です。でも、いつ頃からか、まともな企業や普通の金融の世界にもがっしりとオフショアが居座ってしまったのです」

カイシュウ先生がボトルからコーヒーをひと口飲んだ。僕も麦茶をラッパ飲みした。

「はじめは小さな不正の温床だったオフショアは、今や世界各国の政府が束になっても退治できない怪物に育ちました。世界中にさまざまなオフショアがあって、個別撃破してもいたちごっこになってしまう。追いかける政治家たちが本気でやっていない節もある。自分やお仲間の首を絞めかねないから。ロンドンの金融街からお金が逃げたら、イギリスという国が傾くほどの打撃です。金の卵を産むガチョウを絞め殺そうなんて誰も思わない」

まだ残暑は厳しく、日陰でも額に汗が浮かんでくる。でも、今、僕は背中に何か冷たいモノを感じていた。汚い重荷をふいに背負わされたような嫌な圧迫感だ。

「タックスヘイブンを利用した節税は世界的な大企業も行っています。そうした企業がちゃんと納税しなければ、道路や橋、水道や鉄道などの社会インフラだけでなく、教育や医療などの質も劣化します。税収不足のツケ払いはオフショアと無縁の庶民に回ってくるから、二重三重に『持たざる者』の負担が増えます」

これはたしかに、こんな気持ちが良い日に川原で議論するテーマではないな。

「ちょっと歩きますか」

僕はバスケットにナプキンや包み紙を戻しながら、ふと思いついて、飲み物を入れてきたビニール袋に周囲のゴミを拾って放り込んだ。カイシュウ先生とビャッコさんも続いて、僕らが来たときより少しだけ周りは綺麗になった。

歩き出してすぐビャッコさんが「さっきの問題、解決策はないんですか」と聞いた。

「やるべきことはとてもシンプルでクリアです。隠れ家を全部つぶして、お金持ちや企業から適切な税金を取って富の分配のバランスを修正する。ただ、その実行がとても難しいのです。問題の大きさと取り組む主体のスケールがずれているからです。オフショア退治には世界的な協調が欠かせませんが、抜け駆けしてマネーを独り占めする誘惑が強すぎて足並みがそろいません。相続税を含む税制の見直しも同様です。低税率をエサにマネーを呼び込もうとする国は少なくありません。一国単位では対策に限界がある」

「じゃ、このまま放置しちゃうんですか」

「少しずつ是正する動きはあります。企業の極端な税逃れの摘発《てきはつ》やオフショア利用の制限といった対症療法です。でも、本質的な解決にはほど遠いですね」

堤防の遊歩道を行き交う人たちがすれ違いざまにデカいおじさんをチラチラ見ていく。僕らは鉄橋の見えるところで木陰に腰を下ろした。以前、ビャッコさんが一人で残ったのと同じ場所だった。

「ここから先は独り言です。お二人の頭の片隅に残って、いつか思い当たるときが来るのを期待して話します。我々と我々の父たちの世代は、冷戦終結後に平和で豊かな世界を築く機会を得ました。でも、それを無駄にしてしまった。米ソの軍拡競争は終わり、この四半世紀、世界で大きな戦争は起きていない。『平和の配当』という言葉があります。軍備に浪費されるはずだったその平和の配当をうまく使い、より良い世界を作るチャンスがあった。でも、そういう道を我々は選ばなかった。今や中国やロシアなどの国々は、軍備を増強して独裁的な政治体制を強めています。冷戦後にこうした国々を世界経済に組み込むときに、金もうけを優先して専制政治が温存されるのを見過ごした結果です。独裁的なエリートたちが富と権力を握る道を許してしまった。同じことは中東やアフリカの国々にも当てはまります」

カイシュウ先生は眼鏡を外して遠い目で向こう岸を見ている。

「冷戦後の平和は世界的な貿易の拡大を促しました。貿易は豊かな国にも貧しい国にも恩恵があります。実際、世界は豊かになった。これは良いことです。でも、我々はその果実をうまく分かち合う仕組みを作らず、富が一部の人々に集中する問題を放置した。貧富の差の拡大という難問を膨らませるだけ膨らませてしまった。今、世界中で起きている政治的な混乱の根っこをたどっていくと、多くがこの格差問題に行き着きます。上位1％のエリートが富を独占して残りの99％の人々が犠牲になっているというスローガンが、豊かな国でも魅力的に響くいびつな社会を作ってしまった」

カイシュウ先生が眼鏡をかけ直した。

「お二人、ノブレス・オブリージュという言葉をご存じですか」

僕は首を左右に振った。ビャッコさんも首をかしげている。

「高貴なる義務、とでも訳せば良いのですかね。恵まれた上流階級には人類全体に奉仕する義務がある、という考え方です。鼻持ちならないエリート意識と紙一重ですが、かつてはそうした美学が強くあった。第一次大戦では多くの欧州の貴族の若者が前線への出征を志願して命を落としています。日本にも、武士は食わねど高楊枝《たかようじ》という言葉がある。ニュアンスは違いますが、金に執着せず名誉を重んじよ、という価値観は通底します」

カイシュウ先生が僕らをまっすぐに見た。

「ワタクシは我々の世代の一員として未来の世代に謝りたい。リーダーたちがノブレス・オブリージュを忘れ、金に目がくらんで平和の配当を無駄にした世代の一員として」

急に謝罪されて、僕は面食らってしまった。ビャッコさんも戸惑っている。

カイシュウ先生はそのまま、黙り込んでしまった。どうやら難解な課外授業と独り言は終わったようだ。半分も理解できた気がしなかったけど、同時に、何か重いバトンを手渡されたような気持ちにもなっていた。

僕らはしばらく、時折、ガタンゴトンと鉄橋を渡る銀色の車体に日の光がはね返るのを見るともなく見ていた。僕は落ち着いた表情のビャッコさんの横顔を横目に見て、いつにも増して綺麗だな、と思った。

夕焼けの気配が漂いだした頃、誰からともなく立ち上がり、僕らは駐車場に向かって歩き出した。

「まだ聞き逃していることがあります」

並んで歩きながらビャッコさんが笑顔で切り出すと、カイシュウ先生も「覚えてましたか」と笑った。

「うしろめたくない隠し事って、何ですか」

「ワタクシの計画中の新しいビジネスのことです。マイクロファイナンスと仮想通貨を組み合わせて、零細起業家に少額で投資や融資ができる仕組みを作ろうとしています。スマートフォンで決済と貯蓄、投資をひとまとめにできる世界を作りたい」

ややこしそうだけど、すごそうな話だ。

「世界中のフツーの人が、世界のどこかのフツーの人を応援できる仕組みを作りたいのです。仮想通貨は送金コストが安いのでごく少額から投資や融資ができる。国境を超えてそういう新しいお金の流れを作るのが目標です。ワタクシのビジネスプランをもとにシステムや法律に強い知人数人と会社を作って、出資者を募《つの》るところまで来ています。これに啓介がずいぶん乗り気で、経営にも参加したいと言ってます」

「お父さんが？」

「どの国でも小口金融に精通した人間は欠かせない人材です。日本のトップは啓介にお願いしたいと思っています」

カイシュウ先生は笑顔で「このビジネスが軌道に乗ったら、久しぶりに大伯父に会いに行こうと思っています」と付け加えた。かつてカイシュウ先生を出入り禁止にした大銀行家が何を言うのか、僕も気になる。

堤防の遊歩道を離れるあたりまで来た頃、カイシュウ先生がクスクスと笑い始めた。

「もう一つ秘密がありました。ここまで来たらバラしちゃいましょう。ビャッコさん、あなたのお父さん、ここ1年、英語の猛特訓をしてますよ。新ビジネスに備えて」

「え！」

「週に3回はレッスンに通っているはずです。マンツーマンの厳しいやつに。優子さんにも内緒で始めたら、挙動不審で浮気を疑われたので慌《あわ》てて白状したらしい」

ビャッコさんはしばしポカンとしてから、大きな声で笑い出した。

「今日、帰ったらどれぐらい上達したか聞いてみます。お父さん、中学の頃、英語は得意だったんですか」

「あの口べたで英語だけできたら、おかしいでしょ」

ビャッコさんとカイシュウ先生が並んで歩きながらケラケラと笑っている。僕はいつの間にか少し遅れ気味になっていて、置いてきぼりにされたような気持ちになっていた。

「わたしも、英語、もっとがんばろ」

「この前話していた計画はどうなりましたか」

「これから家族に相談するつもりです」

何の話だろう、と思っていたら、ビャッコさんがふいにくるりと振り向いた。この夏、何度か見た白いワンピースの裾《すそ》が綺麗な弧《こ》を描いた。

「サッチョウさん、わたし、来年から留学しようと思ってるんだ」

僕はバットで後ろからブン殴られたような衝撃を受けた。

「前は自分で働いてお金を貯めてから海外に行こうって思ってたけど、ケチな意地を張るなってカイシュウさんに言われて目が覚めた。中学で私立に行くのやめたのも、今思うとただの意地っ張りだったかなって」

笑顔で夢を語るビャッコさんを応援したい気持ちと、ビャッコさんが遠ざかっていくという思いが綱引きして、言葉が出てこない。

「あ、でも、留学しても、たまに集まってクラブの同窓会はやりたい」

「おお、いいですね」

僕は「うん」と答えるのがやっとだった。

「決まり！　わたし、幹事としていろいろ企画します」

駐車場に着き、カイシュウ先生がベンツのロックをリモコンキーで外した。ビャッコさんが右の後部座席に滑り込んだ。ショックを引きずる僕がノロノロと反対のドアを開けようとしたとき、肩に手が乗り、カイシュウ先生がかがむようにして耳元でささやいた。

「敵は大物です。焦ってはいけません。でも、のんびりしてもいられない。サッチョウさんも、自分の道をみつけて、まっしぐらに全力疾走《しっそう》するしかありません。追いかけちゃいけない。自分の道を行くのです。遠回りにみえて、それが一番の近道です」

一瞬の戸惑いのあと、僕は目を見開いた。

「2回離婚しているということは、2回はプロポーズに成功しているってことです。男の子の先輩の助言です。胸に刻んでください」

早口で付け加えると、カイシュウ先生は運転席に乗り込んだ。

僕は、今の言葉が自分の中に落ち着くのを、目をつむって、ドアに手をかけたまま待った。かすかに聞こえるツクツクボウシの声が夏の終わりを告げている。僕は、目をあけて、何事もなかったようにビャッコさんの隣のシートに座った。

ビャッコさんが、ぐずぐずしていた僕を不思議そうに見ている。バックミラーのカイシュウ先生と目が合うと、ウインクが返ってきた。

僕はビャッコさんに右手を差し出した。

ビャッコさんも、ちょっと驚いた様子で、右手を差し出してくれた。

手が触れあい、僕らは少し痛いぐらいの固い握手を交わした。車が静かに走り出す。僕はビャッコさんの目を見ながら、自分の中にこれまでにない強い気持ちが芽生えるのを感じた。

あとがき

本作はもともと、筆者の家族内の回覧読みものでした。

現在高校生の長女が小学5年だった頃に連載を開始。数年後に次女が読者に加わり、ずっとこの二人だけを相手に書き続けてきたものです。今は三女も楽しんでいます。

経済やお金の仕組みがわかる、楽しい読みものを探したのですが、しっくりくる本がみつからず、いっそ自分で書いてしまおう、と思ったのが運の尽き。2～3カ月の予定だった連載は、長期休載を挟んで延びに延び、結局、完結に7年もかかってしまいました。

金融・経済系学園ドラマ（?）という珍妙なスタイルは、飽きっぽい我が娘たちに読ませるための方策でした。「そろばん勘定クラブ」の一員になったつもりで読み進むと、お金や世の中のカラクリが腹にストンと落ちる、という試みが成功しているかは、読者のご判断に委ねます。